www.ingramcontent.com/pod-product-compliance
Lightning Source LLC
LaVergne TN
LVHW010823051026
849532LV00007B/2614

* 9 7 8 9 3 5 8 7 2 8 0 7 1 *

آگ اور پانی

(افسانے)

عزیز احمد جلیلی

Aag aur Paani *(Short Stories)*
by: Aziz Ahmed Jalili
Edition: November '2025
Publisher :
Taemeer Publications LLC (Michigan, USA / Hyderabad, India)

ISBN 978-93-5872-807-1
9 789358 728071

کتاب	:	**آگ اور پانی** (افسانے)
مصنف	:	**عزیز احمد جلیلی**
صنف	:	فکشن
ناشر	:	تعمیر پبلی کیشنز (حیدرآباد، انڈیا)
سالِ اشاعت	:	۲۰۲۵ء
صفحات	:	۱۱۲
سرورق ڈیزائن	:	تعمیر ویب ڈیزائن

فہرستِ مضامین

اِبتدائیہ

مقصدی ادب کا دائرہ عمل اب بہت وسیع ہوگیا ہے ۔ نہ صرف سماج کی دکھتی رگوں پر ہاتھ رکھ کر وہ کھری کھری باتیں سناتا ہے بلکہ ایک تجربے کار ڈاکٹر کی طرح جو نشتر لگا کر فاسد مواد کو جسم سے خارج کرکے مریض کو حیات نو بخشتا ہے اسی طرح آج کا ادب بھی بھٹکے ہوؤں کو راستہ دکھاتا ہے اور غلط فہمیوں کی اصلاح کے لئے واعظ اور ناصح کے بے کیف لکچروں کے بجائے ایک دوست اور ہمدم کے روپ میں میٹھی بولی سے آپ کو جینے کا سلیقہ سکھاتا ہے ۔

مقامی زبانوں کے شاہکار افسانوں کے یہ اُردو ترجمے ہیں جنھیں میں نے انگریزی کی وساطت سے اُردو میں منتقل کیا ہے ۔ یہ افسانے دنیا کے ترقی یافتہ زبانوں کے مقابلے میں بلا کسی پس و پیش کے پیش کئے جاسکتے ہیں ان مقامی فن کاروں کو ہم خراج تحسین پیش کرتے ہیں جنہوں نے بڑی چابکدستی

ب

سے اس قدر جاذبِ نظر اور دلنواز انداز بیان سے روزمرہ کے واقعات کی صحیح عکاسی کی ہے۔ جو آپ کے اور ہمارے گھر میں روز پیش آتے ہیں۔ اور جن میں ہماری اور آپ کی زندگی کروٹیں لیتی نظر آتی ہے۔

مجموعی طور پر میرا ادبی مسلک بھی حضرت فراق گورکھپوری کے ان خیالات کی ترجمانی کرتا ہے۔

" اگر مقصدی ادب میں حسن ہے، جسم کے ساتھ ایک روح ہے اور اس روح میں انسان اپنا چہرہ دیکھ سکتا ہے تو کیا کہنا ایسے مقصدی ادب کا۔"

بتوسط شتاق جلیلی

۶۔ اُوشا کنج۔

جوہو۔ بمبئی ۵۴

عزیز احمد جلیلی

ستمبر ۱۹۷۹ء

پیش لفظ

ادب کے میدان میں افسانوں کی ایک خصوصیت ہے۔ اگر تاریخی نقطۂ نظر سے اس کا مطالعہ کیا جائے تو پتہ چلے گا کہ اصناف ادب میں یہ سب سے پرانی صنف ہے اور اس کا چلن اس وقت سے ہوا جب کہ انسان اَن پڑھ تھا اور بڑی بوڑھیاں کہانی سُنایا کرتی تھیں۔ اگر یہ کہا جائے تو بے جا نہ ہوگا کہ انسانی تہذیب کے ابتدائی دور میں بھی ادب کی دوسری اصناف کے مقابلے میں کہانی اور شاعری کو اولیت حاصل رہی ہے۔

کہانیاں ایک طرف انسانی دلچسپی کا سامان مہیا کرتی ہیں تو دوسری طرف انسانی شعور کو جلا دینے کا بھی فرض انجام دیتی ہیں۔ علم اور سماج کی ترقی کے ساتھ ساتھ کہانی لکھنے کے انداز میں بڑی تبدیلیاں ہوئی ہیں اور یہ تبدیلیاں صرف مواد اور موضوع ہی کے نقطۂ نظر سے نہیں بلکہ ہیت اور زبان کے نقطۂ نظر سے بھی بڑی اہمیت رکھتی ہیں۔ جب کہانیاں عجیب و غریب واقعات اور

مبنی حادثات پر مبنی ہوتی تھیں تب بھی انسان ان کو دلچسپی سے سُنتا اور پڑھتا تھا نیز ان سے لطف اندوز ہوا کرتا تھا لیکن جب حقیقی زندگی کہانیوں کا موضوع بنیں تو ان میں بڑی تبدیلی آئی اور آج تو وہ زندگی کے تمام مسائل کا احاطہ کئے ہوئے ارتقائی منازل طے کر رہی ہیں۔

پچھلے پچاس سالوں میں اردو کہانی نے ترقی کے جو مدراج طے کئے ہیں وہ حیرت انگیز ہیں اور آج تو ان میں زندگی کا وہ تنوع پایا جاتا ہے کہ ہم دنیا کی دوسری زبانوں کی کہانیوں کے مقابلے میں اسے پیش کرنے کی جسارت کرسکتے ہیں۔ اس کے باوجود اردو ادب کی یہ تہی دامنی رہی ہے کہ دوسری زبان کے افسانے اس میں بہت کم منتقل ہوئے ہیں حالاں کہ ہندی ادب کا مطالعہ کیا جائے تو پتہ چلے گا کہ اس میں ہندی کے ساتھ ساتھ دوسری زبانوں کی کہانیاں بھی کثرت سے منتقل ہوئی ہیں جس کی مثال اُردو میں نہیں ملتی۔ آج بھی ہندی کے رسائل دوسری زبانوں کی کہانیوں کو اتنی ہی اہمیت دیتے ہیں جتنی کہ وہ ہندی میں لکھی ہوئی کہانی کو دیتے ہیں اور ان سے بخوبی بہرہ ور ہوتے ہیں۔

زیر نظر مجموعہ مختلف زبانوں کے افسانوں کا اُردو ترجمہ ہے ترجمہ ایک مشکل فن ہے اور مترجم کو اپنی زبان اور جس زبان سے وہ ترجمہ کر رہا ہے اس پر عبور حاصل ہو تو اس کی ترجمہ کی ہوئی چیز شاہکار کا درجہ حاصل

کرلیتی ہے۔ عزیز احمد صاحب جلیلی کی یہ کوشش قابل ستائش ہے کہ انھوں نے مختلف زبانوں کے افسانوں کو انگریزی کے توسط سے اُردو کے قالب میں ڈھالا ہے جس میں انھوں نے زبان اور بیان کے رکھ رکھاؤ کو ہاتھ سے نہیں جانے دیا ہے جس کی وجہ سے ان کہانیوں کی بنیادی خصوصیت برقرار رہ سکی ہے اور یہی ان ترجمہ شدہ کہانیوں کی خوبی ہے۔ کاش کہ اُردو والے اس طرف دھیان دیں تاکہ دوسری زبانوں کے مختلف ادبی اصناف خاص طور پر کہانیاں اُردو میں منتقل کی جاسکیں اور وہ اُردو کے سرمایہ ادب میں اضافے کا باعث بن کر اس میں ایک طرح کا تنوع پیدا کریں جس سے ادبی اور تہذیبی ہم آہنگی کی بنیادیں استوار کرنے میں مدد مل سکے۔

۴/ اکٹوبر ۱۹۷۹ء

اُردو ہال۔ حمایت نگر

حیدرآباد ۲۹

سری نواس لاہوٹی

۱

از
ویشوناتھن:

جوابی خط

ویشو پاٹیکر نے ایک پوسٹ کارڈ کیشو نائیر کے حوالے کیا جس پر کسی کا پتہ لکھا نہ تھا۔ کارڈ کے دوسری طرف ایک نقشہ اُتارا گیا تھا یعنی ایک کارڈ ڈیگرام مربع نُما۔ کیشو نائیر نے غور سے نقش کو دیکھا لیکن سمجھ نہ سکا اور مایوسانہ انداز میں کہا: "صرف اتنا ہی کافی ہے۔ کیا تم سمجھتے ہو کہ اس بے تکے ڈائیگرام سے ہی میں اپنے دشمن سے بدلہ لے سکتا ہوں۔ میں تو سمجھتا ہوں کہ تم اپنے شیطانی عمل سے ایسا کارنامہ انجام دو گے جس سے میرا دشمن پریشان اور بے چین ہو کر اپنی زندگی کا خاتمہ کرے۔"

ویشو پاٹیکر مسکرایا۔ وہ نجومی تھا، سفلی عملیات کا ماہر۔ وہ نہ صرف نومولود بچوں کے لئے پیشین گوئی کرتا بلکہ شادی اور موت کی تاریخیں بھی بتاتا تھا۔ یہی نہیں بلکہ اپنے سفلی عمل کے ذریعے لوگوں کو پریشان کرنے اور ان کی زندگی کو مصیبت ورحم کی تصویر بنا دینے کے گر سے بھی واقف تھا۔ اس لئے لوگ اکثر اپنے دشمن پر رنج وغم کے پہاڑ کھڑا کرنے کے لئے اس کی خدمات حاصل کیا کرتے تھے۔

۲

یوں تو سارے ملک میں اس کا کاروبار پھیلا ہوا تھا لیکن ملابار میں اُس کی شہرت کچھ اور ہی تھی۔ وہ (۵۴) سال کی عمر کو پہنچ چکا تھا اُس کا مضبوط اور صحت مند جسم، تنگ پیشانی اور تیز چمکدار آنکھیں اُس کی بارعب شخصیت کی گواہ تھیں

"کیشو نائیر! تم تو بچوں کی سی بات کر رہے ہو۔ جادو کی معمولی ترکیب اس خاص کام میں کوئی مدد نہیں کر سکتی، چوں کہ تم نے مجھے کافی رقم دی ہے اس لئے میں نے بھی ایک خاص نایاب عمل تمہارے حوالے کیا ہے اگر چہ کہ یہ نقشہ ایک بچے کو بھی کوئی گزند نہیں پہنچا سکتا جب تک کہ اس پر مکتوب الیہ کا پتہ لکھا ہوا نہ ہو۔ لہٰذا یہ کارڈ لے لو اور ٹھیک آدھی رات گزر جانے کے بعد اپنے دشمن کا تصور کر و اور اس کی صورت کو اپنے ذہن میں لا کر اس کارڈ پر سرخ روشنائی سے اس کا پتہ لکھ دو۔ اور فوراً ہی اس کو لیٹر بکس میں ڈال دو۔ تب ہی تم کو معلوم ہو گا کہ اس عمل سے تمہارے دشمن پر کیا گذری۔"

کیشو نائیر کارڈ لے کر اپنے گھر واپس آگیا۔ کیشو نائر ایک عمر رسیدہ بوڑھا رنڈوا تھا۔ اس کے بیٹے ٹراونڈم میں کام کرتے تھے اس وقت جب کہ وہ دولتمند تھا اس نے اپنے دوست سریدھر کے اشتراک میں کئی کاروبار شروع کئے لیکن بدقسمتی سے کامیابی نہیں ہوئی اور بالآخر وہ دیوالیہ ہو گیا اس کے برعکس سریدھر کو ہر قدم پر کامیابی ملتی رہی۔ اس لئے کیشو نائیر کا خیال تھا کہ سریدھر اس کیلئے مخلص نہیں۔ بلکہ اس نے کچھ منحوس عملیات کے ذریعہ اس کی کامیابیوں پر پردہ ڈال دیا ہے۔

۳

کیشو نائیر کا خیال تھا کہ اس کی بیوی کی موت کا محرک بھی سریدھر اور اس کے نامعلوم عملیات ہی ہیں۔ بیوی کی بے وقت موت کی وجہ سے کیشو نائیر کے بچے مناسب تعلیم بھی حاصل نہ کر سکے۔ اس لئے جب وہ سریدھر کے بچوں کو اعلیٰ تعلیم حاصل کرتے دیکھتا تو رشک و حسد سے سلگ اُٹھتا۔

وقت گزرتا گیا۔ سریدھر اور اس کی بیوی دُنیا سے رخصت ہو گئے لیکن کیشو نائیر کے زخم ہنوز تازہ ہی رہے۔ یہاں تک کہ سریدھر کا لڑکا میڈیکل تعلیم کے بعد انگلستان سے اپنی بیوی کے ساتھ آیا اور بمبئی کے ایک دماغی ہسپتال میں کام کرنے لگا۔ کیشو نائیر نے اپنے دشمن کے بیٹے سے بدلہ لینے کی ٹھانی اور آدھی رات گزرنے کے بعد ڈاکٹر کو تصور میں لا کر سرخ روشنائی سے پوسٹ کارڈ پر اس کا پتہ لکھا اور فوراً اُس کو پوسٹ کر دیا۔

ڈاکٹر جہادیومینن یعنی سریدھر کا لڑکا آج رات دیر گئے اپنے بنگلہ پر پہنچا۔ دن بھر کی بے حد معروفیت کی وجہ سے وہ تھک گیا تھا اس لئے آرام کرسی پر لیٹ کر بالکونی سے سمندر کا نظارہ کرنے لگا۔ تب ہی اس کی بیوی میری "چائے کی کشتی لیے ہوئے آئی"۔ ڈاکٹر مینن کچھ پھل لینے کے بعد ایک ایک گھونٹ چائے کے لیتے ہوئے اپنے کچھ خاص مریضوں کا حال بتلانے لگا جسے میری توجہ سے سنتی اور ہنستی رہی۔ چائے کے اختتام پر میری نے دواؤں کے اشتہارات کے ساتھ ایک پوسٹ کارڈ بھی اسے تھما دیا جس پر ایک عجیب و غریب ڈائیگرام بنا

ہوا تھا۔ ڈاکٹر اس پوسٹ کارڈ کو ہاتھ میں لے کر غور سے دیکھنے لگا۔ لیکن اُس پر بنے ہوئے نقش کا کچھ مطلب نہ نکال سکا۔ اُس نے سن رکھا تھا کہ اس قسم کے نقش سفلی عمل کے لئے اُتارے جاتے ہیں۔ لیکن اس کی مغربی تعلیم ان باتوں پر اعتقاد رکھنے پر مانع ہو رہی تھی اس لئے اُس نے بے فکری کے ساتھ کارڈ کو ایک طرف ڈال دیا اور پھر سمندر کے نظارے میں محو ہوگیا۔ لیکن یہ کیا! فضا میں تو وہی نقش بنا ہوا ہے جو پوسٹ کارڈ پر اتارا گیا ہے۔ وہ حیرت و خوف سے اُس نقش کو دیکھنے لگا۔ تب ہی میری نے یاد دلایا کہ آج رات دن شاہ نے انھیں رات کے کھانے پر مدعو کیا ہے طبیعت نہ چاہتے ہوئے بھی منن اپنی بیوی کے ساتھ پارٹی میں پہنچ گیا۔ ڈن شاہ کا رسٹورنٹ لوگوں سے بھرا ہوا تھا۔ میزوں پر مختلف قسم کے کھانے چنے ہوئے تھے۔ ہلکی موسیقی پر دو نیم برہنہ عورتیں رقص کر رہی تھیں۔ ڈاکٹر منن غور سے ڈانس دیکھنے لگے۔ آہستہ آہستہ اس کی پریشانی رقص و نغمہ میں گھلتی جا رہی تھی لیکن دفعتاً اُسے بال روم کے فرش پر پوسٹ کارڈ پر اُترا ہوا نقش نظر آیا۔ ڈاکٹر بے چین ہوگیا۔ سارا لطف جاتا رہا۔ پارٹی کے اختتام تک وہ خاموش خاموش ہی رہا۔ گھر پہنچ کر اس نے جب میری سے دریافت کیا کہ کیا اُس نے بھی وہ نقش جو پوسٹ کارڈ پر اترا ہوا تھا بال روم میں دیکھا تھا تو میری پریشان ہوگئی۔ اس واقعہ کے بعد سے رات دن وہ نقش ڈاکٹر کے پیش نظر رہنے لگا۔ کام سے دل اُچاٹ ہوگیا۔ طبیعت میں افسردگی و پژمردگی

آتی گئی۔ ساتھیوں نے مشورہ دیا کہ شاید تبدیل مقام کے ذریعہ اس نقش سے چھٹکارا حاصل کرے۔ اس لیے میری اور ڈاکٹر قریبی گاؤں رونا ولا چلے گئے لیکن ڈاکٹر وہ پوسٹ کارڈ اپنے ساتھ لے جانا نہ بھولا۔ اس اُمید پر کہ شاید کوئی عامل اس کا حل بتا سکے۔

ایک شام میری اور ڈاکٹر چہل قدمی کرتے ہوئے گاؤں کے آشرم تک پہنچے۔ آشرم کے قریب ہی ایک عمر رسیدہ مہنت نظر آیا۔ اُن دونوں نے مہنت کے سامنے اپنے دلی احترام کا اظہار کیا۔ بوڑھے نے شفقت سے مسکرا کر اپنے آشرم میں انھیں آنے کی دعوت دی۔ رفتہ رفتہ یہ دوستی گہری ہوتی گئی یہاں تک کہ باتوں ہی باتوں میں ممنن نے مہنت کے سامنے کارڈ کا حال بیان کر دیا۔ مہنت نے کارڈ دیکھنے کی خواہش کی۔ جب کارڈ سامنے آیا تو مہنت بھی ایک لمحہ کے لیے گھبرا اُٹھا۔ یہ بوڑھا مہنت نہ صرف فلسفہ، طب بلکہ بہت سے علوم کا ماہر تھا۔ کافی غور و فکر کے بعد اس نے گھمبیر لہجہ میں کہا "یہ ایک نہایت ہی منحوس خوفناک سفلی عمل ہے جو تمھاری تباہی کے لئے اختیار کیا گیا ہے۔ لیکن تمہیں پریشان نہ ہونا چاہئے کیونکہ پرماتما نے ان عملیات کا توڑ بھی پیدا کیا ہے"۔ ان الفاظ کے ساتھ مہنت نے پیتل کا تراشا ہوا ایک ٹکڑا ڈاکٹر کو بتایا اور کہا کہ یہ اس کا توڑ ہے اسے کبھی اپنے سے جدا نہ کرنا۔ یہ کہہ کر مہنت نے پہلے تاگہ میں اس پیتل کے ٹکڑے کو جس پر نامعلوم نقش بنا ہوا تھا پرو کر ڈاکٹر کے گلے میں ڈال دیا۔

۶

اُس رات مہا دیو ینین کئی ماہ کے بعد اطمینان کی نیند سو سکا اور اس طرح اس کی پریشانیوں اور تفکرات کا بالکل خاتمہ ہوگیا۔ میری اور ڈاکٹر چند دنوں بعد ہی اپنے مستقر پر لوٹ گئے اور اپنے روزمرہ کے کاروبار میں مصروف ہوگئے۔

ایک دن تعطیل میں اپنے والد کے پرانے ذخیرہ کی چھان بین میں ڈاکٹر کو سریدھر کی ایک تحریر نظر آئی جس میں کیشو نائیر کا ذکر تھا۔ اُس وقت ڈاکٹر کو خیال آیا کہ کیشو نائیر جو اُس کے خاندان کا دیرینہ درست ہے شاید اُن دشمنوں سے واقف ہو جس نے سفلی نقش کے ذریعے اس کی موت کا سامان تیار کیا تھا۔ اس خیال کے ساتھ ہی ڈاکٹر نے اُس نقش اُترے ہوئے پوسٹ کارڈ پر سے اپنا پتہ چھیل کر کیشو نائیر کا پتہ لکھ دیا اور ساتھ ہی ایک نوٹ علٰحدہ سے تحریر کیا کہ براہِ کرم اس نقش کے بھیجنے والے دشمن کا پتہ اگر معلوم ہو تو جلد روانہ کیجیے۔

عرصے تک کیشو نائیر انتظار کرتا رہا۔ لیکن ڈاکٹر کی تباہی اور موت کی کوئی اِطلاع اُسے نہیں ملی۔ وہ بے تابی سے ایک ایک دن کاٹنے لگا۔ بالآخر ایک دن جبکہ اُس کے صبر کا پیمانہ لبریز ہو کر چھلک رہا تھا پوسٹ مین نے اُسے اُسی کا مرسلہ کارڈ معہ ڈاکٹر کے نوٹ کئے لا کر دیا۔ شام تک جب وہ گھر سے نہیں نکلا تو پڑوسی خبر گیری کے لیے اس کے گھر میں داخل ہوئے لیکن یہ دیکھ کر حیران ہو اُٹھے کہ کیشو نائیر اپنے سر کے بال دونوں ہاتھوں سے نوچتے ہوئے متواتر دیوار سے اپنا سر ٹکرا رہا ہے۔

———

۷

از
لکشمی ناتھ بزبرو

کفّارہ

"کھانا لاؤ کیا تم نے سنا نہیں! جلد میرے لیے کھانا لاؤ" مکان کے ایک کونے میں اپنا ہل رکھنے کے بعد میلی دھوتی بدل کر باورچی خانے میں داخل ہوتے ہوئے شیورام نے کہا۔ جہاں اس کی بیوی بھودری کھانا پکا رہی تھی۔ لیکن یہ دیکھ کر اس کی حیرت کی کوئی انتہا نہیں رہی کہ بھودری نے اب تک چاول بھی نہیں اُبالے تھے اور دوسرا کھانا کا سامان بھی تیار نہیں ہوا تھا بالفاظ دیگر ترکاری ایک تھالی میں یونہی پڑی ہوئی تھی اور مچھلی بھی موز کے پتے پر بغیر صاف کی ہوئی رکھی تھی، دوسری طرف بھودری چولھے میں آگ جلانے کی ناکام کوشش کر رہی تھی کیونکہ گیلی لکڑی کے ٹکڑے کسی صورت آگ پکڑنے کو تیار نہ تھے۔

یہ منظر دیکھ کر شیورام غصے سے پاگل ہوگیا۔ یوں بھی آج صبح سے ہی اس کا موڈ خراب تھا پہلے تو یہ کہ بیکادشی کی وجہ سے شیورام کا برت تھا علاوہ اس کے بیلوں نے دن بھر اتنا پریشان کیا کہ وہ ٹھیک طرح سے زمین بھی نہ جوت سکا ساتھ ہی کھیت میں حد بندی کے معاملے میں بیدی بورے ایک معاملے میں تکرار ہوگئی

۸

یہ تکرار ہاتھ پائی تک پہنچی۔ لیکن ڈرپوک بیدی بور وہاں سے فرار ہوگیا۔

اسی صورت حال نے شیورام کو ایک خطرناک زخمی درندہ بنا دیا تھا۔ اس دُنیا کا طریقہ بھی یہی ہے کہ جب کسی آدمی کو گھر سے باہر پریشانیوں اور آفتوں کا مقابلہ کرنا پڑتا ہے تو اس کا بدلہ اپنی بیوی پر ہی اُتار کر مردانیت کا ثبوت دیتا ہے۔

دوسرے مردوں کے مقابلے میں شیورام کوئی انوکھا مرد نہ تھا اس لئے موقع موقع سے اپنی مردانیت کا مظاہرہ کرتا رہتا تھا اور گالی گلوج کے ساتھ بہودری کی دنیا نت تھپیڑوں اور لاتوں کے ذریعہ بھی ہو جایا کرتی تھی جس کو بہودری اپنا مقسوم سمجھتی تھی۔ لیکن ہر چیز کی ایک انتہا ہوتی ہے۔ ناقابلِ برداشت اذیتیں انسان کو بغاوت اور سرکشی پر مائل کر دیتی ہیں۔ چناں چہ بہودری بھی اب اِسی حد پر پہنچ چکی تھی جہاں قوتِ برداشت ختم ہو کر سرکشی کا راستہ شروع ہو جاتا ہے۔

شیورام نے چیخ کر کہا" اے کتیا! اے چڑیل کی لڑکی! کیا تونے میری آواز نہیں سُنی۔ کھانے کو پہلے ہی دیر ہو چکی ہے اس کے باوجود تونے اب تک کھانا تیار نہیں کیا"۔

بہودری نے بھی غصّے سے جواب دیا" کیا میں اپنا بھیجہ نکال کر تیرے کھانے کے لیے رکھ دوں۔ گھر میں ایک بھی سوکھی لکڑی نہیں ہے میں صبح سے چولھا پھونکتے پھونکتے حیران ہوں لکڑیاں آگ نہیں پکڑ رہی ہیں اور چولھا نہیں سلگ رہا ہے اس میں میرا کیا دوش ہے بغیر کسی بات کے جانے ہوئے اس قدر تاؤ میں آنے کی

کیا ضرورت ہے کیا تم کو اتنی سمجھ نہیں؟"

"تو نے کیا کہا!" یہ کہتے ہوئے انتہائی غصّے کے عالم میں شیورام نے زمین پر رکھی ہوئی کلہاڑی کو اٹھایا اور بہودری کی پیٹ پر کئی وار کردیئے۔ بہودری کے منہ سے ایک تیز چیخ نکلی اور وہ بیدم ہوکر گر پڑی اور بیہوش ہوگئی۔ اس کا دیور جو قریب ہی تھا آواز سن کر دوڑا ہوا آیا اور یہ خونی منظر دیکھ کر شیورام کے ہاتھوں سے کلہاڑی چھین کر چلایا "یہ کیا کر رہے ہو بھائی؟ آدمی بنو آدمی"

تین دن تک ہسپتال میں بیہوش رہنے کے بعد جب بہودری کو ہوش آیا تو یہ الفاظ اس کی زبان پر آئے "وہ کہاں ہے" "کون" دریافت کیا گیا۔ "میرا شوہر" بہودری نے کہا "وہ جیل میں ہے" اس کو بتایا گیا "اس کو میرے پاس لاؤ" گڑگڑا کر بہودری نے کہا۔

"اس کو یہاں نہیں لایا جا سکتا۔ وہ اپنے اعمال کے سبب گرفتار کیا گیا ہے اب تم اس کے متعلق کچھ بھی نہ سوچو۔ ورنہ تم کو اور زیادہ تکلیف ہوگی" جواب دیا گیا۔

دواخانے کے عملے کا یہ جواب سن کر بہودری پھر بیہوش ہوگئی جب بڑے ڈاکٹر کو اس واقعہ کی اطلاع ملی تو انھوں نے پولیس سے گذارش کی کہ شیورام کو دواخانے لایا جائے۔

دوسری دفعہ جب بہودری کو ہوش آیا تو اس نے دیکھا کہ وہ کانسٹبلوں کے درمیان ڈاکٹر کے ساتھ شیورام اس کی پلنگ کے قریب کھڑا ہے اپنے شوہر دیکھکر

اس نے کہا" تم کیسے ہو۔ کیا تم نے کھانا کھایا۔ اپنے لئے کھانا کھانا پکاتے ہوئے تم کو بڑی تکلیف کا سامنا کرنا پڑتا ہوگا"

شیورام خاموش کھڑا رہا۔ لیکن اس کی آنکھوں سے مسلسل آنسو ٹپکتے رہے بھودری نے بڑے ڈاکٹر کی طرف دیکھتے ہوئے کہا۔

"سرکار یہ بالکل بے قصور ہے خدا کے لئے اس کو چھوڑ دیجیے۔ مچھلیوں کو چھیلنے اور صاف کرنے کے لئے کلہاڑی میں نے قریب رکھی تھی اتفاق سے میرا جھونک نکل گیا اور میں کلہاڑی پر گر کر زخمی ہوگئی"

جس نے بھی بھودری کے یہ الفاظ سُنے حیران رہ گیا۔ شیورام کی قوت برداشت جواب دے گئی اور چیخ چیخ کر روتے ہوئے اس نے کہا۔

"سرکار میں نے اسے کلہاڑی سے مارا ہے۔ مجھے سزا دیجیے۔ اور جیل بھیج دیجیے"

صحت یاب ہونے کے بعد بھودری نے اپنے شوہر کو بے گناہ ثابت کرنے کی بہت کوشش کی۔ مگر کورٹ نے اسے تسلیم نہیں کیا۔ فیصلے کے بعد بھودری بھاری قدموں کے ساتھ اپنے مکان میں داخل ہوئی۔ لیکن شیورام نہایت اطمانیت اور سکون کے ساتھ جیل کی طرف بڑھ رہا تھا۔ کیوں کہ اپنے پاپ دھونے کے لئے اسے کفارہ کی آگ سے گزرنا ہی تھا۔

۱۱

از

جنتا سیٹھ

تحفہ

بادل آسمان پر رنگ بدل رہے تھے۔ نیلگوں سے نارنجی، گلابی سے آتشی اور زعفرانی، ابھے کھڑکی پر سر رکھے بادلوں کو رنگ بدلتے اور لمحہ بہ لمحہ شکل بدلتے دیکھ رہا تھا۔ کبھی وہ ہاتھی کی شکل کے نظر آتے۔ کبھی لمبی گردن والے شتر کی طرح۔ کبھی وہ کسی کارٹونی فلم کے تیڑھی ناک والے والے ہیرو نظر آتے۔ اپنے گول نرم تکیئے پر ٹیک لگائے ہوئے وہ کھڑکی میں سے بادلوں کا یہ کھیل بڑے انہماک سے دیکھ رہا تھا۔

دوسرے لمحے تا حدّ نظر تاریکی چھا گئی۔ ابھے نے اپنے بے جان پیر کو دیکھا اُسے ہلانے کی کوشش کی۔ لیکن کامیابی نہیں ہوئی۔ اسے افسوس کرنے کا موقع نہیں ملا۔ کیونکہ دروازہ کھلا اور اس کی اپنے بابا پر نظر پڑی۔ وہ کھل اُٹھا جیسے کہ اس کو سب کچھ مل گیا ہے۔ "بیٹے تم تنہا ہو۔ بدھو کہاں گیا"۔ اپنے بوٹ کی ڈوری کھولتے ہوئے اس کے بابا نے کہا۔ اپنے بستر پر بیٹھتے ہوئے ابھے نے جواب دیا۔

"وہ بازار گیا ہوا ہے تیل لانے کے لئے"۔

۱۲

نکھل نے اپنے بیٹے کو محبت پاش نظروں سے دیکھا۔ جب ابھے پیدا ہوا تھا اس وقت اس نے نیتا کے ساتھ مستقبل کے مطابق بہت سے سنہرے خواب دیکھے تھے۔ نیتا نے اپنے والدین کی مرضی کے خلاف نکھل سے شادی کی تھی اور یہ بات اس کے لئے قابل فخر تھی کہ ایک بڑے گھر کی لڑکی نے ایک غریب گھرانے کے لڑکے کو انتخاب کیا تھا۔ اس وقت نکھل کو صرف تین سو روپے ماہوار تنخواہ ملتی تھی یہ رقم زیادہ تو نہ تھی تاہم وہ دونوں ایک چھوٹے سے فلیٹ میں مطمئن زندگی گذار رہے تھے۔ مگر جس وقت ابھے پانچ برس کا ہوا نکھل نے پہلی دفعہ نیتا کے بدلتے ہوئے رنگ کو دیکھا کہ وہ پہلی جیسی خوش مزاج نہیں رہی بلکہ معمولی معمولی باتوں پر اس کو جلد غصہ آجاتا۔ اب دفتر سے واپسی پر نیتا کے مسکراتی استقبال نظروں کے بجائے کوئی نہ کوئی شکایت اس کے استقبال کو موجود رہتی۔ نیتا اتنی بد مزاج ہوگئی تھی کہ اکثر جب ابھے ہنسی دلگی کے موڈ میں ہوتا اسے مارنے لگتی ایسے موقعوں پر وہ ابھے کو بچا لیتا۔ مگر سوچتا کہ اس کی غیر موجودگی میں کیا کچھ نہ ہوتا ہوگا۔ دفتر میں بھی وہ اس خیال سے پریشان ہو اٹھتا۔ اس لئے دفتر سے واپس آتے ہی ابھے کو تلاش کر کے اپنے پاس بٹھاتا اور ابھے اس کی گردن میں بانہیں ڈالے بڑے مزے سے دن بھر کی روداد سناتا۔ یہ سب دیکھ کر نیتا بہت ناراض ہوتی اور بگڑ کر کہتی ”اتنی بڑی عمر کے لڑکے کو کوئی گود میں بٹھاتے ہو۔ میری یہ بات یاد رکھنا یہ ساری عمر نکما اور کاہل ہی رہے گا۔“

دفعتاً چیزوں کے دام ایک دم بڑھنا شروع ہو گئے۔ اشیاء کی قیمتیں آسمان سے باتیں کرنے لگیں چناں چہ نکہال نے دفتر کے بعد ٹیوشن پڑھانا شروع کر دیا تاکہ اس مہیب گرانی کا مقابلہ کر سکے۔ زندگی ایک تھکا دینے والی گردش ہو گئی تھی۔ اکثر مصائب جب آتے ہیں، تو یکے بعد دیگرے آتے ہی چلے جاتے ہیں۔ ان کو بھی ایک زبردست المیہ کا مقابلہ کرنا پڑا۔ ان کا تندرست خوبصورت بیٹا اجے پولیو کا شکار ہو گیا اب تو نکہال کو اور سخت محنت کرنی پڑی۔ وقت پر معقول علاج ہونے کی وجہ سے اجے کا بایاں پیر درست ہو گیا اور اس میں جان آ گئی لیکن سیدھا پیر اور بازو اچھے نہیں ہو سکے۔ جیسے جیسے وقت گزرتا گیا نکہال کو یقین ہونے لگا کہ اب اجے کبھی لان پر یا میدان میں کھیلنے کے قابل نہ ہو سکے گا۔ اجے کا زیادہ وقت بستر پر گزرتا یا پھر وہ کتابیں پڑھتا۔ تصویریں دیکھتا اور اپنے بستر کے اطراف کھلونے جمع کر کے کھیلا کرتا تھا۔ اسی طرح طویل دو سال دو ماہ گزر گئے۔ نیتا اپنی ماں کی علالت پر میکے گئی تو پھر واپس نہ آئی۔ وقت کی گردش نے اس کے سارے جذبات کو کچل دیا تھا اس لئے وہ آنے میں پہلو تہی کرتی رہی۔ نکہال نے بھی اسے واپس بلانے کے لئے ویسی کوشش نہیں کی جیسی کرنی چاہیے تھی۔ اس کے بجائے اس نے دفتر کے ایک چپراسی بدھو کو اپنے ساتھ رہنے کا بندوبست کر لیا تھا۔ بدھو بڑی لگن اور محبت سے نکہال کی اور گھر کی دیکھ بھال کرتا۔ اجے کا خیال بھی خوب رکھتا۔ اس طرح نکہال گھر کے

اِنتظامات سے بڑی حد تک مطمئن ہو گیا تھا۔ ابھے کی عمر اسکول جانے کے قابل ہو گئی تھی مگر اسے اسکول لانا لے جانا عمر رسیدہ بدھو کے بس کی بات نہیں تھی۔ نکھال کو بھی توقع تھی کہ مسلسل مالش سے ابھے کے سیدھے پیر میں بھی جان آجائے گی اور وہ اسکول جانے کے قابل ہو جائے گا۔ اب اس کی مالی حالت بھی پہلے سے زیادہ بہتر تھی۔ نکھال اب جس کمپنی میں ملازم تھا وہاں معقول تنخواہ کے ساتھ زیادہ سے زیادہ آسائش اور رہائش کی سہولتیں دی جاتی تھیں اِس لئے اب وہ ایک بڑے آرام دہ گھر میں منتقل ہو گیا تھا۔ ابھے کے لیے اس نے قیمتی کپڑوں اور کھلونوں کا ڈھیر لگا دیا تھا۔ ابھے ان چیزوں کو دیکھ کر خوش ہوتا اور وہ ابھے کو دیکھ کر۔

رات کا وقت کہانیاں سنانے کا ہوتا۔ ابھے کہانی سُنتے سنتے اپنے باپ کی گود میں سو جایا کرتا اور صبح ہوتے ہی اس کی نظر کیلنڈر پر پڑتی کیوں کہ نکھال کا دفتر ہفتہ میں دو دن بند رہا کرتا تھا اور ابھے ان ہی دو دنوں کا اِنتظار کیا کرتا تھا۔ کیوں کہ ان دو دنوں میں نکھال اس کو ٹیکسی میں بٹھا کر سیر کرانے لے جایا کرتا تھا۔ کبھی شہر کے باہر دریا کے کنارے اور کبھی چھوٹی چھوٹی پہاڑیوں پر۔ آج ابھے بہت اچھے موڈ میں تھا۔ کیوں کہ صبح ہی اس کے ڈاکٹر چچا نے اس کا معائنہ کر کے کہا تھا کہ اب اس کے سیدھے پیر میں جان پیدا ہو گئی ہے۔ اس خوشخبری کے ٹھیک چوتھے دن ابھے کی سالگرہ تھی۔ ابھے سوچنے لگا کہ اس بار سالگرہ پر اپنے

بابا سے کس تحفہ کی فرمائش کرے۔ فونٹین پن کی۔ ٹرانسسٹر، رنگ برنگے تصویروں کی کتابوں کی۔ گھڑی کی یا ٹیپ ریکارڈ کی۔ لیکن اس کی سمجھ میں کچھ نہ آسکا۔ اتنے میں دروازہ کھلا۔ "اتنے رنجیدہ کیوں نظر آرہے ہو بیٹے"۔ نکھال کہتے ہوئے اندر داخل ہوا۔ "آئندہ ہفتے تمہاری سالگرہ کا دن ہے اس مرتبہ تم کو کیا تحفہ دیا جائے"۔ ابھے نے اپنے بابا کی طرف دیکھ کر غمگیں آواز میں کہا۔ "جمعہ کے دن آپ مدراس جارہے ہیں نا"۔ نکھال اسی سوال پر پریشان ہوگیا۔ کیوں کہ دورے پر جانا ضروری تھا جاپان سے ایک نئی پارٹی آنے والی تھی اس پارٹی سے کمپنی کا معاہدہ کروانے میں کامیابی حاصل کرنا ہی اس کی ترقی کا راز تھا۔ اس لئے اس نے طرح طرح سے ابھے کا موڈ ٹھیک کرنے کی کوشش کی۔ "میں وعدہ کرتا ہوں بیٹے۔ جو تم چاہوگے وہی تحفہ تم کو دیا جائے گا۔ میں چھ دن مدراس میں رہونگا اور دو دن بنگلور میں۔ بتاؤ وہاں سے تمہارے لئے کیا لایا جائے"۔ "مجھے کچھ نہیں چاہیے میں کچھ نہیں چاہتا"۔ ابھے نے پھر بے رخی سے جواب دیا اور آنکھیں بند کر کے نیند میں گم ہوجانے کا بہانہ کرنے لگا۔ نکھال نے پھر اسے مخاطب کیا "اگر جمعہ کے بجائے میں ہفتہ کی صبح کی اُڑان سے جاؤں تو کیسا رہے گا"۔ ابھے نے بڑبڑاتے ہوئے کہا ہفتہ کے دن میری سالگرہ ہے صبح کارٹون فلم دیکھنا ہے اور شام کو نمائش جانے کا پروگرام تھا۔ اب میں کہیں نہ جاسکینگا"۔ ابھے کے جواب پر نکھال خاموش ہوگیا۔

جمعہ کا دن آگیا۔ مگر ابھے کا موڈ ابھی تک خراب تھا۔ اس نے اپنے

بابا سے بات کرنا بھی بند کر دیا تھا۔ جمعہ کے دن وہ دورے پر نہیں گئے تھے اور لازمی ہفتہ کے دن وہ پہلی پرواز سے چلے جائیں گے۔ ابھے سوچنے لگا۔

اِسی شام کو ابھے کے کمرے میں آکر نکہال اس کے بستر پر بیٹھ گیا اور محبت سے اس کی پیٹ تھپکتے ہوئے کہنے لگا "تم نے اب تک نہیں کہا کہ تم کو کیا تحفہ دیا جائے۔ کیا اس مرتبہ تم کو ٹیلیویژن سٹ لا دیا جائے؟" ابھے نے اس بات کا کوئی جواب نہیں دیا اور پھر آنکھیں بند کرکے سو جانے کا بہانہ کرنے لگا۔ نکہال خاموشی سے اٹھ کر اپنے بستر پر چلا گیا اور ہاتھ بڑھا کر لائٹ گل کر دی۔

دوسری صبح ابھے سویرے ہی بیدار ہو گیا تھا۔ لیکن اس نے اپنی آنکھیں بند ہی رکھیں کیوں کہ وہ اپنے بابا کا خالی بستر دیکھنا نہیں چاہتا تھا۔ پھر شاید سات بجے تھے اس نے محسوس کیا کہ دو مضبوط باہوں نے اسے اٹھا لیا۔ کوئی آہستہ آہستہ اُس سے باتیں کر رہا تھا۔ اس نے فوراً آنکھیں کھول دیں۔ اس کے بابا اس کے کان میں کہہ رہے تھے "بیوقوف دیکھ میں تیری سالگرہ کے لئے کیا لایا ہوں اب میں کہیں نہیں جاؤں گا۔ تیری خوشی کے لیے میں نے آٹھ دن کی چھٹی لے لی ہے۔ ہم کشمیر کی سیر کو ہوائی جہاز سے جائیں گے۔ تجھے یہ تحفہ پسند آیا؟" ابھے کی آنکھوں سے مسرت کے آنسو بہنے لگے۔ جسے نکہال نے اپنی آستین سے پونچھ ڈالا۔

ابھے کو اس کا تحفہ مل گیا۔ اس کے بابا کی موجودگی۔ اس کی سالگرہ کا سب سے قیمتی تحفہ۔

———٭———

۱۷

از
پری نالی:

آگ اور پانی

جب میں گھر پہنچا تو دیکھا کہ ہیرا بپھر رہی تھی۔ میں نے حسبِ معمول کسی قسم کی باز پرس نہیں کی۔ بلکہ سیدھے اپنے کمرے میں بریف کیس رکھنے چلا گیا مر جب دن بھر کا تھکا ماندہ گھر آتا ہے تو اس کی خواہش ہوتی ہے کہ چین و اطمینان کی سانس لے۔ لیکن جب میں گھر آتا ہوں تو مجھے میری بیوی ہیرا اور میری ماں کے درمیان دن بھر ہونے والے جھگڑوں کا پوسٹ مارٹم سُننا پڑتا ہے کہ ایک نے کیا کہا اور دوسری نے کیا جواب دیا۔ لڑائی کس طرح شروع ہوئی اور کس طرح آگے بڑھی اور بالآخر کس طرح جھگڑا ختم ہوا وغیرہ وغیرہ۔ میں اپنے بستر پر بیٹھ گیا اور جوتے اُتارنے لگا ہیرا نے میرے قریب آکر آنچل سے آنکھیں صاف کی تاکہ مجھے اپنی طرف متوجہ کرسکے۔ ”کیا مجھے چائے ملے گی۔ یا کل کی طرح آج بھی مجھے رات کا کھانا ہوٹل میں کھانا پڑے گا؟ گزشتہ رات کو بھی میں یہی قصہ ہوا۔ دونوں میں خوب جنگ ہوئی جس کا نتیجہ یہ ہوا کہ کسی نے بھی رات کا کھانا نہیں کھایا ہیرا نے بڑے طنز سے مجھے کہا تھا کہ جس کو گھر چلانا ہو وہی کھانا پکانے میں تھکا مارا

پلنگ سے اٹھ کر باورچی خانے میں گیا تو دیکھا کہ تمام برتن جھوٹے پڑے ہوئے تھے۔

اسی طرح ایک چمکدار صبح ان دونوں کے آئے دن کے جھگڑوں سے تنگ آ کر میں نے مصمم ارادہ کر لیا کہ ان دونوں کو چھوڑ کر ہمیشہ کے لیے گھر سے چلا جاؤں۔ مستقبل کے بارے میں سوچتے ہوئے ڈرائنگ روم میں بیٹھ کر میں نے چائے ابھی شروع ہی کی تھی کہ ہیرا میرے پاس آئی۔ شلف پر سے بسکٹ اٹھا کر ایک ٹکڑا بہ مشکل میں نے منہ میں ڈالا کہ ہیرا نے اطلاع دی۔ "وہ خودکشی دھمکی دے رہی ہے۔" میں جلد جلد بسکٹ کھانے لگا۔ اس نے پھر کہا۔ "تم کو پتہ ہے لوگ کیا کہیں گے؟ لوگ کہیں گے کہ میں نے اپنی ساس کو مار ڈالا۔ اس لیے وہ خودکشی کر لینا چاہتی ہے۔ سب لوگ مجھ پر کیچڑ اچھالیں گے۔" میں جلدی سے بسکٹ چبانے لگا جو اس عرصے میں بدمزہ ہو گیا تھا۔ "کیا تمہارے دل میں میرے لیے ذرا بھی جگہ نہیں۔ میں کسی طرح اس گھر میں رہ سکتی ہوں؟" وہ بولتی گئی۔ جب بھی وہ میرے ساتھ برا برتاؤ کرے تم کو ایک مرد کی طرح میری حفاظت کرنی چاہئے اور اس تکلیف دہ برتاؤ کے خلاف احتجاج کرنا چاہئے۔ لیکن افسوس کہ تم کچھ بھی نہیں کر سکتے۔ اس لیے وہ مجھے اور زیادہ پریشان کرتی ہے۔ آج اس نے مجھے خوب گالیاں دیں اور کہا کہ وہ یہ گھر چھوڑنے کو بالکل تیار ہے لیکن میری آوارگی کے پیش نظر یہ گھر بالکل نہیں چھوڑ سکتی۔ اسے یقین ہے کہ میں بدچلن ہوں۔" "وہ اس وقت کہاں ہے؟" میں نے پوچھا۔ دیکھو تو اس کے

خیالات کیسے ہیں میرے لیے۔ وہ اس وقت مارکٹ گئی ہے ترکاریاں خریدنے کیونکہ اس کو مجھ پر بھروسہ نہیں۔ اس کا خیال ہے کہ میں ترکاری کے بجائے اپنے سنگار کا سامان خرید لونگی"۔

گھنٹی بجی جس کی آواز سن کر میرا نے کہا" لو۔ وہ آگئی"۔ اسکی ماں گھر میں داخل ہوئی۔ ترکاری کا تھیلا اس کے ہاتھ میں تھا۔ سانس تیز تیز چل رہی تھی میں نے ترکاری کا تھیلا اس کے ہاتھ سے لے کر میز پر رکھ دیا" کیا تمہاری فیشن ایبل بیوی نے دن بھر کی داستان سُنادی" ماں نے کہا" وہ صرف ہونٹوں پر لپ اسٹک لگانا جانتی ہے، سارے گھر کا کام مجھے ہی کرنا پڑتا ہے"۔ "تم دونوں کیوں ایک دوسرے کے ساتھ مل کر نہیں رہ سکتیں"۔ میں نے غصے میں چیخ کر کہا۔ رات کا کھانا میں ہوٹل میں کھاؤنگا"۔ اس رات میں گھر نہیں گیا۔ ایک سال قبل جب میں نے میرا سے شادی کی تھی اس وقت میں نے تصور بھی نہ کیا تھا کہ زندگی اتنی دشوار ہو جائے گی۔ یہ حقیقت ہے کہ والد کے انتقال کے بعد میری ماں نے میرے لیے بہت تکلیفیں اُٹھائیں۔ ٹیوشن پڑھایا، اپنے ذاتی اخراجات میں کمی کی۔ تاکہ زیادہ سے زیادہ روپیہ میری تعلیم پر خرچ ہو۔ اور اب جب کہ میں معقول تنخواہ پر مامور تھا ہم ٹھاٹ کی زندگی گذار سکتے تھے لیکن میری ماں چوں کہ تنگدستی کا مزہ چکھ چکی تھی اس لیے ضرورت سے زیادہ محتاط تھی۔ میری بیوی چاہتی تھی کہ بجلی کی استری ہو گیس کا چولہا ہو۔ لیکن میری

کا اصرار تھا کہ کھانا لکڑیوں پر ہی پکایا جائے۔ ابتدائی دنوں میں ہیرا نے بڑی کوشش کی کہ میری ماں کے طریقوں پر چل سکے۔ لیکن وہ ایک مختلف ماحول میں پروان چڑھی تھی۔ جہاں ٹیلیویژن، گیس کا چولہا، بجلی کی استری اور فریج تھا۔ اس لیے اس کے پرانے قدیم طریقے اختیار کرنے میں اُسے بالکل ناکامی ہوئی اور یوں رفتہ رفتہ معمولی جھگڑوں نے مستقل جھگڑوں کی صورت اختیار کرلی میری والدہ کو ہیرا کے بناؤ سنگار پر بھی سخت اعتراض تھا۔ اُس کا بھویں بنانے، لب اِسٹک لگانا ماں کو سخت ناپسند تھا۔ چناں چہ روز شام کو جب میں گھر واپس آتا دونوں عورتوں کی بے معنی شکایتیں میرا استقبال کرتیں۔ بالآخر میں نے فیصلہ کیا کہ دونوں عورتوں کو الگ ہونا ہی پڑے گا اور میری اصل جگہ ہیرا کے ساتھ ہے۔ اس فیصلے کے ساتھ جب ایک شام گھر میں داخل ہوا تو میں نے محسوس کیا کہ کوئی غیر معمولی واقعہ ہوا چکا ہے۔ جب میں اندر داخل ہوا تو میں نے دیکھا کہ کمرے میں برتن ہی برتن بکھرے پڑے ہیں اور اس کے ساتھ ہی میری ماں کی لائی ہوئی ترکاریاں بھی۔

ہیرا، ہیرا، میں چلایا۔ مگر مجھے کوئی جواب نہیں ملا۔ تب ہی ماں غسل خانے سے برآمد ہوئی۔ جلدی میں اس نے آدھی ساڑی باندھ رکھی تھی۔ "وہ چلی گئی" اُس نے کہا۔ "اب وہ واپس نہ آئے گی"۔ "وہ آخر کہاں گئی"؟ میں نے ماں سے دریافت کیا۔ "مجھے کیا معلوم"۔ ماں کا جواب تھا۔ کیا اُس نے کوئی نوٹ کوئی چٹھی

چھوڑی ہے"۔ "نہیں کچھ بھی نہیں"۔ "لیکن تم اس قدر پریشان کیوں ہو"۔ ماں نے کہا۔ "وہ اس گھر کے لیے بالکل موزوں نہیں تھی۔ تم ہی بتاؤ ایسی بہو کا کیا مصرف جو صرف اپنے بناؤ سنگار میں مشغول رہا کرے۔ مجھے تو اس کے چلے جانے سے بڑا اطمینا ہوا۔ اب میں تمہارے لیے ایک سیدھی سادی نیک عورت تلاش کروں گی"۔

میں نے چیخ کر کہا "تمہاری عقل ماری گئی ہے ماں"۔ "یہ تو مجھ پر چیخ رہا ہے"۔ "ہاں یہ میں کہہ رہا ہوں" میں نے اسی لہجہ میں کہا "یہ میری بیوقوفی تھی کہ میں نے ہر معاملہ میں تمہارا ساتھ دیا۔ مجھے اپنی خواہش کو روبہ عمل لانا چاہیے تھا میرا حق ہے کہ میں جس طرح چاہوں اپنی بیوی کے ساتھ رہوں۔ اور جس طرح چاہوں خرچ کروں"۔ "اب میں تیرے لیے بوجھ بن گئی ہوں"۔ ماں نے آنکھوں میں آنسو بھر کر کہا۔ "کیا تو وہ دن بھول گیا جب میں دن دن بھر اور گئی رات تک تمہاری تعلیم کے لیے محنت کرتی تھی"۔ "یہ تمہارا فرض تھا جس کو تم نے بخوبی انجام دیا لیکن اس کے لیے کوئی ماں زندگی بھر احسان نہیں جتایا کرتی جس طرح تم کر رہی ہو"۔

دوسری صبح میں دفتر گیا۔ لیکن ذہنی انتشار کی وجہ سے سرکاری کاموں میں بہت سی غلطیاں ہوگئیں۔ منیجنگ ڈائریکٹر نے اپنے کمرے میں بلا کر تنبیہ کی۔ اس کے بعد میں اس قدر پریشان ہوا کہ لنچ کے بعد سیدھے پوسٹ آفس جا کر میرا کے والد کو ٹیلیگرام کیا۔ دوسرے دن جواب وصول ہوا کہ میرا یہاں نہیں آئی۔

کیا تم میں اس وقت جھگڑا ہوا تھا" میرا کے باپ نے دریافت کیا تھا اب میں بالکل گھبرا گیا۔ کیوں کہ مجھے یقین تھا کہ وہ اپنے والدین کے گھر گئی ہوگی۔ میں اپنے ہی گھر میں خود کو مجرم سمجھنے لگا۔ پولیس اسٹیشن جانے کا ارادہ کیا۔ لیکن یہ سوچ کر کہ شہر میں بدنامی ہوگی خاموش رہا۔

اس واقعہ کے دو دن بعد میرا کے والد کی آمد کا ٹیلیگرام ملا۔ انھوں نے گھر آتے ہی غصے میں سوال کیا" تم نے میری لڑکی کے ساتھ کیا سلوک کیا ہے"۔ میں نے ان کو صوفے پر بٹھایا۔ کولڈ ڈرنک پلائی۔ ان کا غصہ کچھ ہلکا ہوا تو دھیمے لہجے میں کہا" اگر مجھے علم ہوتا کہ یہ صورت حال ہوگی تو میں اپنی بیٹی کی شادی ہرگز تم سے نہ کرتا۔" "میں شرمندہ ہوں" میں نے جواب دیا" میں پوری بات آپ سے بیان کرتا ہوں"۔ "مجھے کچھ بتانے کی ضرورت نہیں۔ اس نے خود ہی بتا دیا ہے کہ وہ یہاں بہت تکلیف میں تھی۔ تمہاری والدہ نے اس کے ساتھ بہت زیادتی کی ہے اور تم شوہر ہونے کی حیثیت سے اپنی بیوی کی حفاظت نہ کر سکے"۔ میں نے بے صبری سے کہا" تو وہ آپ کو مل گئی"۔ "ہاں وہ مجھ کو مل گئی۔ خدا کا شکر ہے۔ وہ اپنی بہن کے پاس لکھنو چلی گئی تھی۔ اس کے لیے پریشان ہونے کی ضرورت نہیں۔ وہ ایک بات پر بالکل اٹل ہے۔ وہ طلاق چاہتی ہے"۔ "طلاق؟" میں نے چیخ کر کہا" مجھے اس سے گفتگو کرنے کا ایک موقع دیجیے"۔ "مجھے کوئی اعتراض نہیں۔ تم کوشش کر دیکھو" اس کے بعد وہ چلے گئے۔ تب میں نے اپنی والدہ سے کہا۔ دیکھا تم نے کیا گت بنائی ہے

میری۔" اگر وہ بڑے کیریکٹر کی لڑکی نہ ہوتی تو طلاق کا لفظ اس کے منہ سے نہ نکلتا۔" ماں نے کہا۔" خاموش رہو۔" میں نے سانپ کی طرح پھنکارا۔" اب میں خود اپنی زندگی بناؤں گا۔ چاہے مجھے اس کے لیے یہ گھر ہی نہ چھوڑنا پڑے۔" زندگی میں پہلی بار میں نے اس طرح ماں سے ترشروئی سے بات کی تھی۔ اس کے بعد رات بھر میں نے اُس کے رونے کی آواز سُنی تھی۔ لیکن میں نے کوئی نوٹس نہیں لی۔ کیوں کہ میں جانتا تھا کہ وقت آچکا ہے اب وہ بھی جان لے کہ اُس نے ہیرا کے ساتھ کتنا بُرا برتاؤ کیا ہے۔

دوسری صبح میں دفتر گیا۔ چند روز کی رخصت کی درخواست دی اور جب عہدیداروں کو صورت حال معلوم ہوئی تو نہ صرف یہ کہ جلد رخصت مل گئی بل کہ اسی دن لکھنؤ تک پرواز کے لیے مجھے سیٹ بھی دلوادی گئی۔ اسی دوپہر کو میں ہیرا کی بہن کے ڈرائنگ روم میں بیٹھا اس کا اِنتظار کر رہا تھا۔ کچھ دیر بعد وہ ہری ساڑی اور سُرخ بلاؤز میں ملبوس اندر داخل ہوئی۔ میں اُسے دیکھتا رہ گیا۔" تم سے کس نے کہا کہ میں یہاں ہوں۔" اس نے سرد لہجے میں کہا۔ تمہارے والد صاحب نے۔" "کیا اُنھوں نے مجھ کو یہاں سے لے جانے پر زور دیا ہے۔" ہیرا نے پوچھا۔" نہیں۔ انھوں نے ایسا کچھ نہیں کہا۔" میں نے جواب دیا۔" پھر تم یہاں کیوں آئے ہو۔" "کیوں کہ میں تم سے محبت کرتا ہوں۔" میں نے بڑی سادگی اور خلوص سے کہا۔" اگر تم مجھے واپس لے جانا چاہتے ہو تو تم کو وہی کرنا ہوگا

جو میں چاہتی ہوں"۔ "میں تیار ہوں"۔ میں نے وعدہ کیا "تم بمبئی سے اپنا تبادلہ کروالو۔ اگر یہ نہ ہوسکے تو تم بمبئی میں ہی ایک دوسرا گھر تلاش کرو۔ تاکہ ہم علیحدہ رہیں۔ میں ایک لمحہ کے لیے بھی تمھاری ماں کے ساتھ رہنا نہیں چاہتی جب تم کسی دوسرے مکان کا انتظام کرکے مجھے اطلاع دوگے تو اُسی وقت میں آنا چاہوں گی"۔

لکھنؤ سے میں خالی ہاتھ بمبئی آیا۔ مگر نئی تمناؤں کے ساتھ۔ تبادلہ کی درخواست دی۔ لیکن وہ رد ہوگئی۔ دو سال تک تبادلہ نہیں ہوسکتا تھا۔ اور دو سال تک اِنتظار نہیں کرسکتا تھا۔ اس لیے میں نے بڑی جانفشانی کے ساتھ مکان کی تلاش شروع کردی۔ آخر کار بمبئی کے مضافات میں مجھے ایک ایسا فلیٹ مل گیا جو میرے لیے موزوں ہوسکتا تھا۔ ایک دشواری یہ پیش آئی کہ کس طرح یہ خبر ماں کو سنائی جائے۔ لکھنؤ سے واپسی کے بعد سے میں نے ماں سے کچھ نہیں کیا تھا۔ اس لیے وہ اب تک یہی سمجھ رہی تھی کہ شاید مسئلہ حل ہوگیا ہے اب جب میں نے مکان کی تبدیلی کی اطلاع دی تو وہ دم بخود رہ گئی۔ اس کو سکتہ سا ہوگیا۔ "تم چاہتے کہ میں اکیلی یہاں تنہا رہوں"۔ ماں نے اِنتہائی غصے سے کہا۔ "ہاں" میں نے جواب دیا۔ "میرے خیال میں چچی اندو کو بلالو۔ وہ تمھاری بہترین ساتھی ہوگی بجائے میرے"۔ "مگر میں کسی غیر کے ساتھ رہنا نہیں چاہتی میں صرف یہ چاہتی ہوں کہ میرا لڑکا میرے ساتھ رہے۔ میرے پاس رہے

بس۔" "مگر ماں میں نہیں چاہتا کہ تم ہمارے ساتھ رہو۔ تم نے اس عرصے میں ہم کو بہت نقصان پہنچایا ہے۔ تم کو وقت کے ساتھ سمجھوتہ کرنا آتا ہی نہیں۔"

ماں نے کچھ جواب نہیں دیا مگر اُس کے ہونٹ کانپ رہے تھے۔

میں نے لاری میں کچھ سامان پرانے گھر کا لے کر نئے گھر گیا۔ اپنے نئے فلیٹ کو میں نے نئے فیشن کے مطابق سجایا تھا۔ فلیٹ کو میں نے تنقیدی نظر سے دیکھتے ہوئے مطمئن انداز میں جب پرانے گھر آیا تو میں نے دیکھا کہ باورچی خانے کے فرش پر ماں سیاہ کوئلہ بنی پڑی ہے۔ اس نے تیل چھڑک کر خودسوزی کرلی تھی۔ یہ سین دیکھ کر میں ایک دم لرز گیا۔ مجھے پہلی بار احساس ہوا کہ میرا نیا قدم کتنا جذباتی تھا۔ میں کتنا خود غرض تھا۔ مجھے ایسا لگا کہ ماں کے ساتھ ہی میری دنیا وعقبیٰ دونوں جل کر خاک ہوگئے۔

از

یس۔کے۔پوٹیکڈ:

ٹائم پیس

مجھے اس قدیم بنگلے میں آئے صرف چار دن ہوئے تھے جس کو میں نے کرایہ پر لیا تھا۔ یہ عمارت شمالی ہند کے ایک بڑے اسٹیٹ کے درمیان واقع تھی۔ اطراف کے خوبصورت جاذب نظر ماحول اور تنہائی کی وجہ سے میں نے مناسب خیال کیا کہ اپنا ناول یہیں مکمل کروں۔

یہ قدیم بنگلہ ایک سُرخ پہاڑی کے اوپر بنایا گیا تھا۔ جس کے بالکل سامنے مستانہ روی کے ساتھ ایک ندی بہہ رہی تھی۔ جس کے دونوں طرف ہری ہری دلکش جھاڑیاں حدِ نظر تک دکھائی دیتی تھیں۔ اس کے جنوب میں ایک اور پہاڑی واقع تھی۔ جہاں بوڑھے لاک کے درختوں کے سائے میں چائے کے کھیت لہلہاتے ہوئے بہت خوبصورت نظر آتے تھے۔

جنوب کی سمت والے کمرے میں بیٹھا قدرتی مناظر سے لطف اندوز ہوتے ہوئے میں اپنی ناول کے چوتھے باب کی طرف متوجہ ہوا۔

"آنند لکشمی ہیروئن۔ سدھاکر مین ہیرو کیساتھ باغ میں کھڑی ہے۔ اور

چمپا کے پھول اس کے ہاتھ میں ہیں۔ مینن نے ابھی واڑھی بنانا ختم ہی کیا تھا کہ اس کے کُتے چرچل نے چین سیٹھ آنند لکشمی پر چھلانگ لگا دی۔"

اب آگے میری ناول کا پلاٹ یہ تھا کہ چرچل نے آنند لکشمی پر حملہ کر دیا اور وہ گر پڑی۔ یہ دیکھ کر مینن ان کی طرف متوجہ ہوتا ہے اور بغیر اپنی واڑھی کا صابن پونچھے لڑکی کو کُتے کے حملے سے بچا لیتا ہے۔ اس کے بعد محبت کا آئین شروع ہو جاتا ہے۔ چناں چہ میں نے آگے لکھنا شروع کر دیا۔ آنند لکشمی دلکش نازک ہاتھ اٹھائے اِدھر اُدھر دیکھ رہی تھی کہ کیا یہ کُتا حملہ کرتا ہے"۔ یہ سوال ناول کے کسی کردار نے نہیں بلکہ ایک ایسے آدمی نے کیا تھا جو بنگلے کے پھاٹک سے ابھی ابھی اندر داخل ہوا تھا۔ میں نے اپنا قلم میز پر رکھی ہوئی کشتی پر رکھ دیا اور باہر برآمدے میں آ گیا۔ یہ اجنبی ایک بوڑھا۔ عمر رسیدہ شخص تھا۔ جو اونچا گرم کوٹ پہنے ہوئے تھا۔ اس کے سر پر صافہ بھی تھا اور کاندھے پر تولیہ۔ وہ اپنے ہاتھ میں ایک زرد لفافہ لیے ہوئے تھا۔ میں نے اُسے مخاطب کرتے ہوئے کہا "کتا زنجیر سے بندھا ہوا ہے"۔ "کیا آپ اہلکار ہیں۔ جو یہاں مقیم ہیں" اس نے برآمدے میں داخل ہوتے ہوئے کہا۔ "میں ایک اہل قلم ہوں۔ جو یہاں ٹھیرا ہوا ہوں"۔ میں نے جواب دیا۔ "معاف کیجئے۔ دیکھئے یہ خط کیا آپ کے نام ہے"۔ لفافہ پر میرا نام لکھا تھا۔ اس لیے میں نے لفافہ چاک کر کے خط پڑھا۔

کنانور۔ ۱۴ ار جنوری

ٹائم پیس جنوبی سمت والے کمرے میں تلاش کر کے بٹلر کو دے دیجئے۔

بند کمرے کی کنجی روانہ کی جاتی ہے۔

کنول کولٹ چرد تھا

مالکِ بنگلہ

میں نے بٹلر سے چابی لے کر دروازہ کھولا۔ پرانی چیزوں کا ڈھیر کمرے میں لگا تھا۔ ایک میز کے کونے پر ٹائم پیس رکھی تھی۔ جو بہت ہی دقیانوسی اور معمولی معلوم ہوتی تھی۔ میں نے صرف دو انگلیوں سے گھڑی کو اٹھایا اور بوڑھے سے پوچھا" کیا یہی وہ چیز ہے"۔ "ہاں صاحب یہی وہ گھڑی ہے" اس نے بڑے اشتیاق سے گھڑی میرے ہاتھ سے لے لی جیسے کہ وہ ایک معیاری خزانہ ہو۔ میں نے کمرہ بند کیا اور چابی بٹلر کو دے کر ورانڈے میں آ کر ایک کرسی پر بیٹھ گیا۔ بٹلر نے احتیاط سے گھڑی کو دستی میں باندھا اور کوٹ کی جیب میں رکھ لیا" اس معمولی گھڑی کو کیوں تم اس قدر حفاظت سے رکھ رہے ہو" میں نے پوچھا۔ اس کو لندن بھیجنا ہے۔ اس گھڑی کے پیچھے ایک المناک داستان ہے۔ بیس سال قبل میں نے اس کا الارم سُنا تھا اب تک اس کی آواز میرے کانوں میں گونج رہی ہے" بوڑھے نے جواب دیا۔

چوں کہ میں خود ایک قصہ گو ہوں۔ کہانیاں لکھنا میرا محبوب مشغلہ ہے۔ اس لئے میں ٹائم پیس اور اس سے وابستہ داستان سُننے کے لیے بے چین ہو گیا۔ میرے

اصرار پر بٹلر نے اپنے ماضی کو کھنگالتے ہوئے داستان پارینہ کو اس طرح شروع کیا۔

"بیس سال کا عرصہ ہوتا ہے پی کمپنی میں ایک عیسائی، مسٹر میگارتھی کام کرتے تھے۔ چالیس برس کو پہنچنے کے باوجود وہ کنوارے تھے۔ بہت ہی زیادہ خلیق و مہربان۔ مقامی لوگوں میں اس طرح گھل مل گئے تھے جیسے انہیں میں سے ہوں اس لئے دوسرے انگلش عہدار انھیں سخت ناپسند کرتے تھے۔ مسٹر میگارتھی خود بھی ان کی محفلوں میں شریک ہونا پسند نہ کرتے تھے۔ وہ اپنے ماتحتوں اور خانگی ملازموں کے ساتھ نہایت ہی دوستانہ برتاؤ کرتے تھے۔ اکثر ان کے ساتھ کھیل کود میں بھی شریک ہو جایا کرتے تھے۔ میں ان کا خاص ملازم ہونے کی وجہ سے ان کے ساتھ دفتر بھی جایا کرتا تھا۔ لیکن وہ بھی آخر انسان ہی تھے جب بھی انہیں غصہ آتا چپراسی اور خانگی ملازموں کو بری طرح پیٹ دیا کرتے تھے لیکن جب غصہ اُتر جاتا تو اُن سب کو بلاتے جو ان کے غصے کا شکار ہوتے اور ان میں سے ہر ایک کو پانچ یا دس روپے جیسا بھی مناسب سمجھتے دے دیتے اس لئے ملازم اکثر دعائیں مانگا کرتے کہ خدا کرے آج صاحب کو غصہ آجائے۔

ایک دن معلوم ہوا کہ صاحب اپنی نوکری سے استعفار دینے والے ہیں۔ کیوں کہ کمپنی کے ڈائریکٹروں سے کسی بات پر تکرار ہو گئی تھی۔ یہ بھی افواہ اُڑی کہ صاحب ایک بڑی جائداد یہیں خریدنے والے ہیں تاکہ باقی زندگی یہیں گذاریں۔ میں نے پختہ ارادہ کر لیا تھا کہ صاحب کے بنگلہ چھوڑنے سے قبل کچھ

چیزیں ضرور چراؤں گا۔ کیونکہ صاحب غائب دماغ بھی تھے اس لئے یہ کام کچھ مشکل نہ تھا۔ مجھے صاحب کے میز پر رکھی ٹائم پیس بہت پسند تھی۔ چناں چہ میں نے اسے حاصل کرنے کی ترکیبیں سوچنے لگا گھڑی چُرانا کچھ مشکل نہ تھا لیکن چوکیدار کی نظر سے بچ کر نکلنا بہت مشکل تھا۔ چوکیدار ہر پھاٹک سے نکلنے والے کی جھڑتی لیا کرتا تھا۔ اس کے باوجود میں گھڑی کو حاصل کرنے کی خواہش کو دبا نہ سکا۔ بہت غور وفکر کے بعد میں نے مورتی نامی ایک لڑکی کا انتخاب کیا جو اور دوسری عورتوں کے ساتھ بنگلے پر کام کرتی تھی۔ یہ ایک نوجوان لڑکی تھی جو بے حد بھولی بھالی تھی۔ اپنے ماں اور بھائی کی پرورش کے لیے وہ ملازمت کر رہی تھی۔ میں نے جب مورتی سے اس کام میں مدد کے لیے کہا تو پہلے اس نے انکار کر دیا۔ مگر میرے مسلسل اصرار پر حامی بھرلی۔ اور یہ طئے پایا کہ میں گھڑی میز پر سے اٹھا کر اس کو دے دوں گا اور وہ اُسے دامن میں چھپا کر کمپونڈ سے باہر لے جائے گی۔

ایک دن تین بجے جب کہ صاحب قیلولہ کر رہے تھے میں نے آہستگی اور چالاکی سے گھڑی اٹھا کر مورتی کو دے دی جو ایک جھاڑی میں چھپی کھڑی تھی اس نے گھڑی کو اپنے دامن میں چھپا کر او پر سے اچھی طرح شال اوڑھ لی تھی ساڑھے پانچ بجے شام کچھ پہلے ہی عورتوں کو چھوڑ دیا جاتا تھا۔ چوکیدار کی آواز سُنائی دینے لگی۔ تم ٹھیر جاؤ باسکٹ دکھاؤ۔ تم نے اس گھڑی میں

کیا باندھ رکھا ہے۔ تم توشہ دان کھول کر بتاؤ۔ تم اس قدر تیز کیوں چل رہی ہو مورتی باہر جانے والے لوگوں میں شامل ہو کر چوکیدار کی نظروں سے بچ کر نکل جانا چاہتی تھی کہ اتنے میں الارم بجنے لگی ہر شخص چونک پڑا۔ مورتی کی حالت اس وقت دیکھنے کے قابل تھی۔ اس کی پریشانی دیکھ کر چوکیدار نے اندازہ لگایا کہ چور وہی ہے۔ عورتوں کے گروپ سے مورتی کو اُس نے نکال کر صاحب کے کمرے کی طرف لے چلا۔ گھنٹی ابھی تک بج رہی تھی۔ لیکن مورتی کا دل اس سے زیادہ تیزی سے دھڑک رہا تھا۔ صاحب نے عجیب انداز سے اس کو دیکھا مورتی نے دونوں ہاتھوں سے اپنا چہرہ چھپا کر رونا شروع کر دیا۔

اس رات صاحب بہت رات تک اپنے ہی آپ قہقہہ لگاتے تھے۔ ہم انتظار میں ہی تھے کہ دیکھیں کیا واقعہ پیش آتا ہے۔

"اس کے بعد کیا ہوا"۔ میں نے دلچسپی اور شوق سے پوچھا۔

بٹلر نے ایک ٹھنڈی سانس لی اور خلا میں کچھ دیکھتے ہوئے کہا۔ "مسٹر میگارتھی نے مورتی سے شادی کر لی۔ مسٹر میگارتھی کے استعفا دینے کے بعد دوسرے ہی دن نہایت ہی سادہ طریقے سے شادی کی رسم انجام دی گئی۔ اور اس کے چند دن ہی بعد مسٹر میگارتھی اور مورتی ہنی مون منانے اوٹی چلے گئے۔ چند ماہ بعد وہاں سے واپس آ کر وہ اسی بنگلے میں فروکش ہوئے اور پُر مسرت ازدواجی زندگی گذارنے لگے۔ وہ ملیالی لڑکی صاحب کو بڑی محبت اور قدر کی نظروں سے دیکھا کرتی تھی

جس میں خلوص، محبت اور پرستش کا عنصر غالب تھا۔ صاحب بھی اس کو دیوی سمجھتے تھے اور اس کی بے حد عزت کرتے تھے۔ جس نے ان کی بے کیف اور پھیکی زندگی میں راحت مسرت اور چاہت کی رنگینیاں بھر دی تھیں۔ دس سال اسی مسرت اور پر کیف زندگی گذارتے ہوئے بیت گئے۔ کبھی دونوں میاں بیوی میں کسی قسم کی رنجش نہ ہوئی۔ گیارویں سال مورتی چیچک کی وبا میں مبتلا ہو کر مرگئی۔ اس کی ناگہانی موت صاحب کے لئے نا قابلِ برداشت تھی ان کی پُر مسرت زندگی ایک بار پھر پھیکی اور بے کیف ہوگئی۔ ان کی ساری دلچسپیاں ختم ہوگئیں۔ وہ ایک زندہ لاش بن کر رہ گئے۔ ایک سال تک وہ اسی حال میں رہے۔ یہاں تک کہ انھیں لندن سے اطلاع ملی کہ اِن کے والد کا اِنتقال ہوگیا ہے اور وہاں ان کی موجودگی کی سخت ضرورت ہے۔ اس اِطلاع نے مسٹر میگار تھی کی زندگی میں تھوڑی سی ہلچل پیدا کی۔ اور وہ لندن جانے کی تیاریوں میں معروف ہوگئے۔ مسٹر میگار تھی نے اپنا یہ مکان مورتی کے بھائی احمد والدہ کو دے دیا۔ اور لندن روانہ ہوگئے۔

ایک طویل عرصے تک مسٹر میگار تھی کی کوئی اِطلاع نہیں ملی۔ اب اچانک ان کا خط آیا ہے کہ یہ ٹائم پیش بذریعہ پارسل انھیں بھیج دی جائے معلوم ہوتا ہے کہ وہ پرانی محبت اب تک اُن کے دل میں موجود ہے۔"

بٹلر نے اپنی یہ دلچسپ داستان ختم کی۔ جب ہی میری ٹائم پیس اچانک

بج اٹھی۔ یہ بتانے کے لیے کہ دوپہر ہوگئی ہے اور لنچ کا وقت آگیا ہے۔ میں نے بٹلر کو بھی لنچ میں شامل ہونے کی دعوت دی۔ جس کو اس نے بخوبی ٹال دیا۔ وہ جلد سے جلد جانا چاہتا تھا۔ میں نے اُسے کچھ پھل دیئے۔ اور خود کھانے کے لیے اندر آگیا۔ تھوڑی دیر بعد اس کی آواز آئی۔ ”صاحب ایک لاری نظر آرہی ہے۔ اس کو روک کر میں اس پر سوار ہو جاؤں گا۔ اس طرح شہر پہنچنے میں مجھے سہولت ہوگی۔ کیا میں جاؤں“۔ میں نے اجازت دے دی اور وہ چلا گیا۔

کھانے سے فارغ ہو کر میں نے کچھ دیر آرام کیا پھر اُٹھ کر لکھنے کی میز پر آگیا اور اپنے ناول کے چوتھے باب کی طرف متوجہ ہوا۔ میرا ہیرو ابھی تک داڑھی ہی بنا رہا تھا۔ اب ہیروئن ہاتھ میں پھول لیے باغ میں کھڑی تھی اور کُتا زنجیر تڑا کر حملے کی کوشش میں منہمک تھا۔ میں اپنے ذہن کو ناول کی تکمیل کی طرف موڑ نہ سکا۔ کیونکہ میرے تصور میں اسکارٹ لینڈ کے مرغزار مکانات، باغ اور آسمان گھوم رہے تھے میں نے دیکھا کہ ایک بڑے خوشنما بنگلے میں جس کے چوطرف دلکش باغ لگا ہے اور جہاں ٹہنیوں اور شاخوں پر برف جمی ہوئی ہے ایک بوڑھا خیالوں میں گم ٹہل رہا ہے دفعتاً پوسٹ مین بنگلے میں داخل ہوتا ہے اور اس کو ایک پارسل دیتا ہے۔ پارسل پر ہندوستانی ٹکٹ دیکھ کر وہ بے چینی کے ساتھ پارسل

کھولتا ہے۔ جس میں سے ایک ٹائیم پیس برآمد ہوتی ہے جس کو وہ اپنے سینے سے لگا لیتا ہے۔ اس کے بعد اس کا سر جھک جاتا ہے اور وہ پرانی یادوں میں اس قدر کھو جاتا ہے کہ اُسے پتہ ہی نہیں چلتا کہ اُس کی آنکھوں سے آنسوؤں کی جھڑی لگی ہوئی ہے۔

اس طرح میں اپنے ناول کو بھول کر ایک دوسری دنیا میں پہنچ گیا۔ معلوم نہ ہو سکا کہ اس ٹائم پیس نے میگا رتھی کے زخموں پر مرہم کا کام کیا یا اس کے زخم اور تازہ ہو گئے۔

۳۵

از

تہا کازی شیو شنکر پلے

تحصیلدار

نومبر اور ڈسمبر کے مہینوں میں جب کہ چاول کے کھیتوں میں پانی چھوڑا جاتا ہے۔ رات کی تاریکیوں میں ایک گیت سنائی دیتا ہے۔ تیز آواز میں پُرسکون فضا کو چیرتا ہوا وہی گیت تیز آواز میں اب بھی سنائی دیا اور اسی وقت بچہ نیند سے بیدار ہو کر زور زور سے رونے لگا۔ ماں بچے کو گود میں لے کر کھڑی ہوگئی اور لوری سنانے لگی بچہ بجائے چپ ہونے کے اور بھی تیز آواز میں رونے لگا۔ بچے کے رونے کی آواز اور اس کی ماں کی لوری کی آواز دونوں بوڑھے کی تیز آواز میں ڈوب گئے۔ "جو لہک لہک کر گا رہا تھا۔ بوڑھے کو کہو کہ گانا بند کردے"۔ بھانومتی نے اپنے شوہر سے التجا کی اور غصہ میں بچے کو پیٹ ڈالا۔ بوڑھے کو خبر نہ تھی کہ کمرے کے اندر کیا ہو رہا ہے۔" کیا تم خاموش نہیں رہ سکتے"۔ تحصیلدار

پڈ نایا چھا پلے نے زور سے پکار کر کہا: "آخر اتنی رات کو تم کیوں گا رہے ہو"۔ اسی لمحہ گانا بند ہو گیا۔ اور جواب سنائی دیا۔ "میں تو بس یونہی رات کاٹنے کے لیے گا رہا تھا"

کیا ورشر کی عمر ۷۰ سال سے زائد ہو چکی تھی۔ چاول کے کھیتوں میں زرعی مزدوروں کے ساتھ کام کرتے اس کی عمر ختم ہو چکی تھی۔ پہلے تو وہ چرواہا تھا۔ اس کے بعد زرعی مزدور بنا اور پھر کاشتکار ہوا۔ بعد میں قابض اراضی اور اب وہ تحصیلدار کا باپ تھا۔

کیا ورشر بڑے بنگلہ کے سامنے کے بنے ہوئے کمرے رہتا تھا۔ اس کی آمد سے قبل ان کمروں میں ملازم رہا کرتے تھے۔ ایک میلا بستر، ٹین کا ٹوٹا ہوا ایک صندوق۔ ایک میلے کپڑے میں لپٹے ہوئے سادہ پان اور تمبا کو یہ تھی اس کی کل کائنات۔ لیکن کیا اس کی زندگی کامیاب رہی۔ ۷۰ سالہ زندگی میں اس نے کیا پایا۔ اس کے پاس دولت نہ تھی۔ قیمتی کپڑے نہ تھے۔ ۷۰ سالہ زندگی کی محنت کا اس کو یہی انعام ملا تھا کہ اس کا بیٹا تحصیلدار تھا حالاں کہ علم کی دولت کیا ہے اس کا اس کو اندازہ تک نہ تھا۔ پر اس کو اطمینان تھا کہ اس نے کامیاب زندگی بسر کی ہے اس لئے وہ خوش تھا اور مسرت سے نومبر اور ڈسمبر کے مہینوں میں کھیتوں میں پانی چھوڑنے کے وقت جو گیت گایا جاتا ہے وہی گیت آج بھی وہ گا رہا تھا اس بات سے بے خبر

رہ کر کہ وہ اب کہاں ہے اور کیا کر رہا ہے۔

کیا ورشر کا لڑکا اس بڑے بنگلہ میں رہتا ہے جہاں پیشکار ہیڈ کلرک اور دوسرے عہدہ دار اس سے ملنے آیا کرتے ہیں اور جب اس کا لڑکا سرکاری ڈریس میں کچہری جایا کرتا تھا تو یہ سب دیکھ کر اُس کا دل مسرت اور شادمانی سے لبریز ہو جاتا تھا اور وہ اپنے دل میں کہتا۔ آہ کاش اس کی بیوی بھی آج زندہ ہوتی تو وہ بھی یہ سب دیکھ کر خوشی سے پاگل ہو جاتی۔

پدنا بہا پلے تحصیلدار کی سب سے چھوٹی لڑکی کمپونڈ میں کھیل رہی تھی بوڑھا اس کے پیچھے لپکا اور اس کو گود میں لے کر گدگدانے لگا اور پیار کرنے لگا۔ لڑکی ہنسنے لگی اور دادا کی داڑھی پکڑ کر نوچنے لگی۔ ”اری بدمعاش یہ کیا کرتی ہے“۔ بوڑھا چیخا۔ بھانومتی یہ سُن کر باہر نکلی اور لڑکی کو بوڑھے کی گود سے لے کر اندر چلی گئی۔ بوڑھے کی پان کی پیک کے دو بڑے لال دھبے لڑکی کے فراک پر گر گئے تھے۔ بھانومتی یہ دیکھ کر جل اُٹھی اور چپراسی کو آواز دے کر بولی۔ ”نانو! بچی کو اندر لے جا کر اچھی طرح اس کا ہاتھ اور مُنہ دھو دے اور اس کا فراک بھی بدل دے“۔ اس کے بعد لڑکی کو ایک چانٹا مار کر بولی۔ ”اب تو پھر بوڑھے کے پاس جائے گی“۔ بوڑھا دادا یہ سُن کر اندر آیا اور کہا۔ ”کیا میرے پاس آنے کی وجہ سے لڑکی کو مار رہی ہو“۔ بھانومتی نے جواب دیا۔

"تم اس کو گالیاں کیوں دیتے ہو اور اس کے سامنے بُری زبان کیوں استعمال کرتے ہو"۔ بوڑھے نے کچھ جواب نہیں دیا اور خاموش چل دیا۔

دوسرے دن تحصیلدار دورے پر گئے ہوئے تھے۔ بوڑھا اپنے لڑکے کے کمرے میں آیا۔ اور اس کے نرم خوبصورت بستر کو دیکھ کر اس پر ہاتھ پھیرنے لگا۔ اسی وقت بھانومتی کمرے میں آگئی اور کہا "تم یہاں کیا کر رہے ہو" "میں"۔ بوڑھے نے کہا۔ کچھ بھی نہیں"۔ یہ کہتے ہوئے وہ بستر پر لیٹ گیا اور آنکھیں بند کرلیں۔ جب شام کو تحصیلدار دورے سے واپس آئے تو انھوں نے دیکھا کہ بھانومتی کا منہ پھولا ہوا ہے۔ "کیا بات ہے"۔ اس نے بھانومتی کی ٹھڈی پکڑ کر چہرہ کو اوپر اٹھاتے ہوئے کہا۔ "کچھ بھی تو نہیں"۔ اسی بگڑی آواز میں جواب ملا۔ تب وہ کپڑے بدلنے اپنے کمرہ میں چلا گیا۔ منہ ہاتھ دھونے کے بعد چپراسی نے اس کو چائے لاکر دی۔ "بھانو"! تحصیلدار نے اس کو آواز دی وہ تو بھری بیٹھی تھی۔ کہنے لگی۔ "اب میں یہاں نہیں رہونگی۔ بچے بگڑتے جارہے ہیں۔ ان کو گالیاں سکھائی جاتی ہیں"۔ "میں بھی یہ گالیاں سُن چکا ہوں۔ جب میں بچہ تھا اس مُنہ سے مجھ کو بھی ہزاروں بار چوما گیا اور پیار کیا گیا ہے"۔

ایک دن پدما نابھا پلے نے اپنے والد کو بلا کر کہا۔ "باپا تم بچوں کے نام کیوں بگاڑتے ہو۔ ان کو گالیاں کیوں دیتے ہو۔ ان کو ان کے نام سے کیوں نہیں بُلاتے"۔ بیٹا بات یہ ہے کہ میں ان کے نام اچھی طرح کہہ نہیں پاتا۔ میری

زبان پر ان کے نام چڑھتے ہی نہیں اس لئے میں اُن کو اِن کے نام سے پکار نہیں سکتا۔" بوڑھے نے جواب دیا۔" لیکن تم بچوں کو بلاتے ہی کیوں ہو۔ نہانے کھانے سے فارغ ہو کر تم خدا کی یاد میں وقت کیوں نہیں گزارتے۔" تحصیلدار نے سمجھایا۔ لیکن بیٹے۔ میں بچوں کو دیکھ کر سب کچھ بھول جاتا ہوں۔ میں ان کو پکڑ کر اپنے کاندھے پر بیٹھالیتا ہوں۔ سینے سے لگالیتا ہوں اور ان کو پیار کرتا ہوں۔ کیوں کہ یہی میری زندگی ہے اور یہی میری عبادت ہے اور یہی میری دلی خواہش ہے۔" بوڑھے نے نہایت اثر انگیز طور پر جواب دیا۔

پدمانا بھاپلے نے غور سے اپنے بوڑھے باپ کو دیکھا۔ اس کی آنکھوں کے سامنے کئی یادوں کی تصویریں پھرنے لگیں۔ دھان کے کھیتوں میں رات گئے تک کام کرتے ہوئے۔ مزدور کی حیثیت سے روزی کماتے ہوئے۔ پھر کاشتکار کی حیثیت سے رات دن محنت کرتے ہوئے۔ تاکہ پیسے بچا کر اس کے کالج کے اخراجات کی تکمیل ہو۔ یہی اس کا یہ بوڑھا باپ ہے جس نے یہ سب کچھ صرف اس کے لیے کیا تھا۔ یہ سوچ کر پدمانا بھاپلے نے اپنا سر تعظیم اور احترام سے بوڑھے کے آگے جھکا دیا۔

بعض دفعہ وہ بوڑھا صرف تو ال ہی ٹانگوں پر باندھ لیتا اور بعض وقت دھوتی کا ایک حصہ لپیٹ کر دوسرا حصہ سر پر پگڑی کی طرح لپیٹ لیتا اور اس طرح سڑک پر گھومنے چلا جاتا۔ اور چپراسیوں اور اہلکاروں سے

دریافت کرتا کہ "کیا پاپن یہاں ہے"؟ یہ پد مانا بھا پلے کا چھوٹا نام تھا جو اس کی زبان پر رہتا تھا۔ "کون پاپن"۔ لوگ پوچھتے تو جواب دیتا "میرا لڑکا جو یہاں کا تحصیلدار ہے وہ میرا ہی بیٹا ہے"۔

اس کی بہو بینکار کی بیٹی تھی۔ بوڑھے کو اس پر بھی ناز تھا۔ ایک دن مقامی منصف مجسٹریٹ کی بیوی، اسسٹنٹ کمشنر کی بیوی اور تعلقہ کی دوسری معزز بیویاں تحصیلدار کے گھر آئی تھیں۔ یہ سب عورتیں ایک جگہ بیٹھکر ادھر اُدھر کی باتیں کر رہی تھیں کہ اسی وقت بوڑھا اندر کمرے میں آیا اور بھانومتی کو مخاطب کر کے کہا۔ "اے لڑکی۔ پاپن کب گھر آئے گا"۔ بھانومتی پر گھڑوں پانی پڑ گیا۔ سب کے سامنے اس کی بڑی سُبکی ہوئی جب سب مہمان وہاں سے رخصت ہو گئے تو وہ بوڑھے سے لڑنے کے لیے آمادہ ہو گئی دیکھو تم مجھ کو آئندہ اے لڑکی کہہ کر نہیں پکار سکتے"۔ "اچھا۔ اچھا"۔ اس نے کہا۔ "اب میں تم کو انوتی کہہ کر پکاروں گا۔ یہ اب تم چلی جاؤ"۔ "تم یہ یہ کہکر مجھ کو جانے کے لیے اس طرح حکم نہیں دے سکتے۔ تم کو اس طرح کہنے کا کوئی حق نہیں ہے"۔ بوڑھا گرم ہو کر بولا۔ "پھر کس کو اس بات کا اختیار ہے۔ تم ذلیل عورت ہو۔ میرا کھاتی ہو۔ اور مجھ پر رعب جماتی ہو۔ جی چاہتا ہے کہ تالو سے زبان کھینچ لوں۔ مگر میں ایسا نہیں کروں گا۔ اپنے پاپن کی خاطر۔ تو اس کو مجھ سے بہتر نہیں جانتی"۔ اس رات بھانومتی رات بھر روتی رہی۔ اور جب دوسرے

اس کا شوہر گھر آیا تو اُس نے تمام باتیں سُن کر صرف اتنا کہا۔" وہ بوڑھا دادا ہمارا محافظ ہے۔ ہمارا خدا ہے۔ اپنے بچوں کا تو تم خیال کرو۔"

ایک مرتبہ جب کہ آسمان پر ابھی تارے باقی تھے۔ باورچی خانے میں کسی کے چلنے کے آواز آئی۔ بھانومتی جاگ اُٹھی اور چپراسی کو آواز دی۔" دیکھو باورچی خانے میں کسی کے چلنے کی آواز آرہی ہے۔" جب چپراسی اور بھانومتی باورچی خانے میں داخل ہوئے تو دیکھا کہ بوڑھا اندر بیٹھا ہے۔ اور گلاس میں دودھ ڈال کر پی رہا ہے۔ چپراسی یہ دیکھ کر ہنس پڑا۔" مجھے بھوک لگی تھی اس لیے کچھ کھانے باورچی خانے آیا تھا۔ مجھے کچھ کھانے کو دو۔" آپ بھی کمال کرتے ہیں۔" چپراسی قانونے کہا۔" اگر ہم لوگ چور سمجھ کر ڈنڈے برسا دیتے تو کیا ہوتا۔" بھانومتی غصّے اور شرمندگی سے پاگل ہو گئی۔ جھوٹے برتن پڑے ہوئے تھے۔ بگڑ کر چپراسی سے کہی۔" بڑے میاں کو اور کھانا دیدو۔" اس کے لہجے سے بڈھا بگڑ گیا اور کہا۔" اب میں نہ کھاؤں گا۔ تم کس پر غصہ اُتار رہی ہو۔ میرا پیٹ بھر گیا۔" وہ اپنے شوہر کے پاس گئی اور اس سے تمام باتیں کہہ دیں۔ اور سب واقعات سُنا کر بولی۔" میں اب زیادہ بے عزتی نہیں سہہ سکتی۔ براہِ کرم اس کو سمجھاؤ اور حالات کو درست کرو۔" شائد تم میرے باپ کو پیٹ بھر کھانا نہیں دے رہی ہو۔" اس کے شوہر نے جواب دیا۔" ہاں یہ سب میری ہی غلطی ہے تم باپ بیٹے تو ہمیشہ ہی ٹھیک کہتے ہو۔

رات ہی کو اس نے آدھ سیر چاول آلو کے سالن کے ساتھ کھایا تھا" بھانومتی بُھنا کر بولی اور بڑ بڑاتی رہی۔ تحصیلدار کچھ دیر تک اس کا بڑ بڑانا سنتا رہا۔ اس کے بعد وہ قندیل لیکر بوڑھے کے کمرے میں گیا۔ بوڑھا پان کوٹ رہا پوچھا" کون ہے"۔ "یہ میں ہوں"۔ اس کے بیٹے نے جواب دیا۔ بوڑھے نے کہا۔ "بیٹے میں بہت بھوکا اور پیاسا تھا۔ اور مجھکو بھوک بھی بہت جلد لگ جاتی ہے۔ کیوں کہ میں بہت بوڑھا ہوگیا ہوں۔ اس لئے میں باورچی خانے میں گیا تھا کہ کم از کم پانی پی لوں"۔ "مگر تم چپراسی تانو کو بلا سکتے تھے"۔ تحصیلدار نے کہا" مگر بابن میں اپنا کام کسی سے لینا پسند نہیں کرتا۔ اتنی رات میں چپراسی کو جگانا بھی مناسب نہیں تھا"۔ پدمانا بھا پہلے نے کچھ نہیں کہا۔ ماضی کے اوراق اس کی آنکھوں کے سامنے الٹنے لگے۔ بوڑھے ہاتھوں نے اس کے لئے ہمیشہ کھانا پکایا تھا۔ ایک مرتبہ اُس نے سُنا کہ بوڑھا ایک عمر عورت کو کہہ رہا تھا کہ اگر میں کسی دوسری عورت کو اس گھر میں لے آؤں تو وہ میرے بیٹے کو پیٹ بھر کھانا تک نہ کھلائے گی۔ اسی لئے تو میں خود پکا کر اپنے بیٹے کو کھلاتا ہوں"...... اس کو اپنی ماں یاد آگئی۔ جب کہ اس کی عمر ۵ سال کی تھی وہ ہمیشہ کے لیے اس سے جدا ہوگئی تھی۔

ایک دن تحصیلدار دورے پر گیا ہوا تھا بھانومتی ندی پر نہانے گئی تو اتفاق سے اس کی سونے کی انگوٹھی پانی میں گر گئی۔ بہت دیر تک

تلاش کی گئی مگر وہ نہ ملی۔ جب بھانومتی گھر آئی تو بوڑھے کو بھی یہ بات معلوم ہوگئی۔ اس نے پوچھا "بہو انگوٹھی کیا ہوئی"۔ اس نے کوئی جواب نہیں دیا۔ جس پر بوڑھا برہم ہوگیا۔ اور چیخ کر بولا "تم کو کسی چیز کی پرواہ نہیں ہے۔ تم تو میرے بیٹے کو لوٹنے آئی ہو"۔ "میں تم کو کوئی جواب نہ دونگی" بھانومتی بولی۔ "تم کو یہ سب مجھ سے پوچھنے کا حق ہی نہیں ہے"۔ اسی پر بوڑھا اور طیش میں آگیا اور زور سے بولا "بری عورت۔ خاموش رہ۔ مجھکو معلوم ہیں تیری حرکتیں کہاں ہے تیرا شوہر تا نو" اس پر ایک طوفان اٹھا۔ دونوں جانب سے خوب خوب صلواتیں سنائی گئیں کہ سارا محلہ جمع ہوگیا۔ دوسرے دن پدمانابھا پلٹے دورے سے واپس آیا تو معلوم ہوا کہ اس واقعہ کے بعد سے اب تک بھانومتی نے ایک دانہ بھی منہ میں نہیں ڈالا تھا۔ چپراسی سے سب حالات سنکر غصے میں بیٹا باپ کے کمرے میں گیا اور صرف اتنا کہا۔ بوڑھا ہونے سے انسان کو کیا فائدہ ہو سکتا ہے جب کہ عقل اس سے رخصت ہوجائے بوڑھا یہ سن کر خاموش رہا۔ مگر۔۔۔۔ اس کے آنسو مسلسل اس کی آنکھوں سے برستے رہے"۔ اسی طرح زندگی گذارتے مسلسل دکھ اور درد دیتے دیتے تم نے میری ماں کو اس کی آخیری منزل تک بہت جلد پہنچا دیا۔ اور آج تم۔۔۔۔" یہ کہتے ہوئے تحصیلدار جیب ہوگیا۔ "میرے بیٹے۔ میرے بیٹے"۔ بوڑھا صرف اتنا ہی کہہ سکا۔ حالاں کہ ایک دفتر کا دفتر اس کے سینے میں دفن تھا اپنے

بیٹے کو اتنا بڑا دیکھ کر کتنی ہی آرزوئیں، اُمنگیں اس کے سینے میں موج زن تھیں مگر سب مٹ گیں۔ سب خاک ہوگئیں۔ کسی نے اس کے گہرے زخم کو دیکھنے کی زحمت بھی گوارہ نہ کی۔ کسی نے اس کی آرزوؤں کو سمجھنے کی کوشش بھی نہ کی۔

اس رات جب بیوی نے کہا: "وہ بوڑھا کہتا ہے کہ چپراسی تانو اس کا دوسرا شوہر ہے۔" یہ سن کر تحصیلدار غصہ اور ندامت میں دیوانہ ہوگیا۔ "اب تو ایک منٹ بھی اس بوڑھے کو گھر میں رہنے نہ دوں گا۔" "اس فیصلہ پر جلدی مت کرو۔" عورت نے سمجھاتے ہوئے کہا۔ "۳، ۴ دن صبر کرو۔ اس کے بعد کچھ کرنا۔" تین دن گذر گئے۔ بوڑھا اپنے کمرے میں بند رہا۔ نہ کچھ کھایا پیا نہ کسی سے کچھ بات کی۔ وہ اب پاگل سا نظر آتا تھا۔ ... "چچا باہر آؤ۔" تانو چپراسی نے دروازے کے پاس سے پکار کر کہا۔ مالک نے کہا ہے کہ پرسوں میں تم کو گاؤں کی چچی کے پاس چھوڑ آؤں"...... اندر سے کوئی جواب نہیں دیا گیا۔

اس رات تحصیلدار کو بڑی دیر تک نیند نہیں آئی۔ وہ خواب میں سنتا رہا جیسے کوئی اس کو بیٹا بیٹا کہہ کر بلا رہا ہے۔ وہ یہی سمجھتا رہا کہ شاید وہ خواب دیکھ رہا ہے۔ ..... صبح ہوتے ہی سب سے پہلا کام اس نے یہ کیا کہ چپراسی تانو سے کہا۔ "میرے باپ کو بلا لاؤ۔" جس طرح کانسٹبل کسی چور کو پکڑنے جاتا ہے۔ اسی طرح تانو بوڑھے کے کمرے میں گیا۔ کیا دیکھتا ہے کہ کمرے میں کوئی نہیں ہے۔ بوڑھے کا میلا بستر بھی نظر نہ آیا۔ نہ اس کی پان

کی گٹھڑی اور نہ ٹین کا ڈبہ۔ بھانومتی نے یہ سن کر کہا کہ وہ کہیں باہر گیا ہوا ہے ابھی آجائے گا۔ اور جب دوپہر تک بھی وہ نہیں آیا تو تحصیلدار گھبرا گیا۔ اسی پریشانی میں اُس نے چپراسی کو اپنے گاؤں بھجوایا تا کہ معلوم ہو کہ وہ گاؤں پہنچ گیا ہے یا نہیں۔ شام تک چپراسی واپس آگیا اور اُس نے تحصیلدار کو اطلاع دی کہ بوڑھا وہاں نہیں پہنچا۔

ہم کو خاموش رہنا چاہیئے" بھانومتی بولی۔" اور یہی مشہور کر دینا چاہیئے کہ وہ اپنے گاؤں چلا گیا ہے۔" مگر اے شریر عورت" پدمانابھا پیلے نے غصے اور رنج سے پھنکارا مارتے ہوئے کہا" مگر میرا باپ۔ میرا بوڑھا باپ کہاں ہے۔ میں اس کو کس جگہ تلاش کرو..... کہاں ڈھونڈوں.....؟

از

کیلوگیوری :

تلاشِ منزل

وہاں حدِ نظر تک سورج کی روشنی ریت کا سمندر اور نیلی چھتری والے آسمان کے سوا کچھ تھا ہی نہیں۔ کہیں کہیں سوکھی گھانس نظر آتی تھی اور کہیں بغیر پتوں کے درخت کھڑے ہوئے تھے۔ جب ہوا کے جھکڑ چلتے تھے تو اس کی لہروں میں ریت ہی ریت بکھری رہتی تھی۔ اور کبھی بگولے آسمان کی طرف اُڑتے نظر آتے۔ وہ آہستہ آہستہ چل رہا تھا۔ کیونکہ وہاں کوئی راستہ تھا ہی نہیں۔

دور بہت دور پہاڑوں میں وہ دیوتاؤں کے ساتھ رہتا تھا۔ لیکن اب وہ پھر آدمیوں کے جھنڈ میں نظر آنا چاہتا تھا۔ پہلے تو بہت دور تک صرف بگولے ہی اس کے ہم سفر رہے لیکن جیسے جیسے وہ آگے بڑھتا گیا اس کو پرندوں کی آواز بھی سنائی دینے لگی۔ اور پھر بھیڑوں کے گلے بھی اُسے دکھائی دینے لگے۔ تب وہ چلتے چلتے ریل کی پٹریوں کے پاس آگیا۔ وہاں سے اُسے آدمیوں کے چہرے نظر آنے لگے۔ راستوں پر ٹانگے کھڑے نظر آئے۔ حلوائیوں کی دکانیں

بھی نظر آئیں جہاں دودھ گرم کیا جا رہا تھا۔ بڑھے درخت پر سلک کی پگڑیاں سکھائی جا رہی تھیں جو دور سے مہاتما بدھ کے عبادت کے جھنڈے معلوم ہوتے تھے۔ وہ یہاں چائے پی سکتا تھا۔ دال چپاتی کھا سکتا تھا۔ اور ایک جگہ بیٹھ کر لوگوں کے چہرے دیکھ سکتا تھا۔ جیسا کہ پہاڑ پر جانے سے قبل وہ دیکھا کرتا تھا۔ اُس کا ہر قدم منزل کی طرف بڑھ رہا تھا۔ جو قریب سے قریب تر آ رہی تھی۔

پہاڑوں کے درمیاں وہ ایک چھوٹے غار میں رہتا تھا اس کی زندگی نہایت سادہ تھی۔ تمام دنیاوی آرائشوں سے پاک، غار کے اندر ہی وہ پوجا پاٹ کیا کرتا تھا۔ اور ریاضت میں مصروف رہا کرتا تھا۔ وہیں وہ سویا بھی کرتا تھا۔ لیکن صرف تھوڑی دیر کے لئے۔ سورج کے طلوع ہونے سے بہت پہلے ہی وہ بیدار ہو کر ندی کے کنارے نہانے چلا جاتا تھا۔ اور پھر پہلا منتر پڑھتے ہوئے اپنے غار میں واپس لوٹتا تھا۔ اس طرح اس کے دن استغراق اور اعتکاف میں گذر رہے تھے اس کے لئے اشیاء خورد نوش لوگ لا کر دیا کرتے تھے۔ اور جس وقت کوئی وہاں اس کام کے لئے آتا تھا۔ وہ خود کو ان کی نظروں سے پوشیدہ کر لیا کرتا تھا۔ جب وہ واپس چلے جاتے تو اس کے کمرہ میں سامان خورد نوش نظر آتا تھا۔ گھی، گیہوں کا آٹا۔ کچھ مٹھائی، کچھ ترکاریاں، نمک مرچ وغیرہ۔ ایک لوہے کی دیگچی میں وہ اپنا کھانا پکا لیا کرتا تھا۔ اور ایک لوہے کے توے پر روٹیاں، اطراف کی جڑی بوٹیوں کا بعض دفعہ وہ سالن پکا لیا کرتا تھا عبادت

اور ریاضت سے ایک نئی شکتی حاصل کرنے کے بعد اس کو خود اپنے آپ پر ایک نیا بھروسہ اور اعتماد حاصل ہو گیا تھا۔ اس لئے ایک دن اس نے پھر دنیا میں اور دنیا والوں میں لوٹ آنے کا ارادہ کیا۔

ایک دن جب تین آدمی کھانے پینے کا سامان لے کر اس کے غار میں داخل ہوئے تو انھوں نے غار کو خالی پایا نہ کمرے میں آگ روشن تھی اور نہ کہیں دھواں اٹھ رہا تھا۔ وہ ڈر گئے یہ خیال کر کے کہ شاید سادھو چل بسا۔ لیکن اس کا وہاں کوئی نشان نہ ملا۔ کیوں کہ یہ غار بالکل خالی تھا۔

وہ بہت دور سے چل کر آیا تھا۔ اس کے باوجود تھکن نام کو نہ تھی۔ وہ اب جلد گاؤں پہنچ جائے گا جہاں وہ آرام کر سکے گا۔ اپنا بچپن اس نے اسی گاؤں میں گذارا تھا۔ اس وقت سارے گاؤں میں صرف اس کے باپ کا ہی پکا مکان تھا جو کچھ بلندی پر واقع ہوا تھا اور وہ تھا بھی خوشنما اور خوبصورت۔ وہ جوانی کو پہنچنے تک یہاں رہا۔ بعد ازاں اس کے والد کے انتقال کے بعد اس کے گھر والوں نے دوسرے گاؤں کا راستہ لیا اور یہاں سے چلے گئے۔ اور وہ گرد کی تلاش میں ایک طرف کو نکل گیا اور پھر ایک زمانہ تک برسوں وہ پہاڑوں اور غاروں میں زندگی گذارتا رہا اور اب وہ واپس آ رہا تھا۔

گاؤں میں اس کی آمد کی اطلاع سب کو مل گئی۔ "واقعی وہ ایک مقدس مہاتما ہے" لوگوں نے آپس میں کہا۔ اور یہ افواہ پھیل گئی کہ اس نے

(۷) برس (۱۷) مہینے (۷) ہفتے اور (۷) گھنٹے پہاڑوں میں غار میں مشقت و ریاضت اور اعتکاف میں گذارے ہیں۔ گاؤں کے لوگوں میں صرف چند اشخاص نے ان پہاڑوں کو دیکھا تھا۔ جہاں اس نے اتنا عرصہ گزارا تھا گاؤں کے لوگوں نے اس کو اپنے یہاں ٹھہرانے کا انتظام کیا۔ بعض نے کھانے کا انتظام کیا۔ لیکن بعض لوگوں نے اس پر کوئی توجہ نہ دی اس کے باوجود وہ اس کو دیکھنا چاہتے تھے۔ اس طرح لوگوں میں چرچے شروع ہوئے۔ لیکن کسی نے اُس لڑکے کو یاد نہیں کیا جو آج سے برسوں قبل اپنی ماں، بہنوں اور بھائیوں کے ساتھ اس گاؤں سے رخصت ہوا تھا۔ جب وہ واپس آیا تو اس کو کسی نے بھی نہیں پہچانا۔

لیکن ایک جوان عورت ایک بیوہ نئے کپڑے بدل رہی تھی۔ اپنے بدن پر خوشبو مل رہی تھی اور اپنی کھڑکی میں کھڑی لوگوں کی باتیں سُن رہی تھی۔ اُس نے بالوں میں کنگھی کی اور ان کو خوشنما اور چمکدار بنایا۔ وہ اس آدمی کا انتظار کرے گی جو اتنی دور سے اور اتنے عرصہ بعد آیا ہے۔

جیسے ہی اس نے گاؤں کی سرحد میں قدم رکھا گاؤں کے بڑوں نے اس کا استقبال کیا۔ اس نے زبان سے کچھ نہ کہا لیکن ہاتھ اٹھا کر سب کو سلام کیا۔ بکثرت گھومنے والے سادھو، جو اتنا اس سے قبل اس گاؤں میں آئے تھے۔

لیکن کسی نے بھی گاؤں میں اتنی سنسنی پیدا نہیں کی جتنی اس پہاڑ پر سے

آنے والے نے کی تھی۔ وہ عام سادھوؤں کی طرح بالکل نہیں تھا، سادھوؤں کی طرح اس کا گیوری رنگ کا لباس نہ تھا بلکہ اس کا لباس بالکل سفید تھا۔ نہ اس کے پاس کوئی تھیلی تھی نہ کشکول تھا۔ اس لئے تو اس کی آمد سب کی توجہ کا مرکز بن گئی تھی۔

برگد کے بڑے درخت کے سایہ میں تین چٹائیاں بچھائی گئیں تھیں جس پر وہ بے نیازی سے بیٹھ گیا تھا۔ اس کے ہاتھ، منہ دھونے کے لئے پانی لایا گیا۔ اس کے بعد ایک سکوت لوگوں پر چھا گیا۔ بعض لوگ اپنے گھروں کی چوکھٹ سے اس کو دیکھنے لگے۔ بچے اونچے مقامات پر چڑھ گئے تاکہ اس کو اچھی طرح دیکھ سکیں۔ اکثر مرد اور عورتیں اور بچے اس کا درشن لینے کے لئے چٹائیوں پر آبیٹھے۔

وہ بیوہ جوان عورت اپنے گھر ہی میں رہی۔ اس نے اپنے رشتہ داروں کی بات کا کوئی نوٹس نہیں لیا۔ جنہوں نے اس سے خواہش کی تھی کہ وہ بھی باہر نکل کر اس آدمی کا درشن کرلے۔ اور اس کا آشیرباد دے کیونکہ ابھی اسکا وقت آیا نہ تھا۔ پیتل کے برتنوں میں کھانا لایا گیا۔ عمدہ اور لذیذ کھانا۔ لیکن اس نے بہت کم کھایا وہ بھی بہت آہستہ آہستہ۔ اس کے بعد خاموشی چھا گئی اس کے بعد لوگ چاروں طرف سے اس کو گھیرے بیٹھے تھے۔ اس وقت کھیتوں میں کوئی بھی کام نہیں ہو رہا تھا سارے گاؤں میں ایک خاموشی

اور سکوت طاری تھا۔ تھوڑی دیر بعد اس نے تالی بجائی۔ لوگوں کو مخاطب کرنے کے لیئے۔ اس وقت سب کی جان میں جان آئی۔

خدا اور وحدانیت کے متعلق اُس نے گفتگو شروع کی۔ اس نے کہا۔ "خدا کو ہر شخص خود اپنے میں تلاش کرے۔ اپنے دل میں اُس کو ڈھونڈے" اس نے لوگوں سے کہا۔ وہ پوجا پاٹ اور عبادت لگن سے کیا کریں۔ صبح اور شام ہر وقت، خدا کا نام اُن کی زبان پر رہے۔ کام کرتے وقت۔ کھیتوں میں جاتے وقت خدا کو یاد کریں"۔ اس نے اور بھی بہت سی باتیں کہیں۔ جنہیں اس سے قبل بھی لوگوں نے کئی بار سُنا تھا۔ لیکن کسی نے اتنے والہانہ انداز میں اور اتنے دلکش پیرائے میں یہ باتیں اس سے قبل نہ کہی تھیں۔ اپنے مطلب کو زیادہ واضح کرنے کے لیئے اُس نے پرانے بادشاہوں، راجاؤں کے قصّے سُنائے اور دور دراز ملکوں کے حالات بیان کیئے اور وہاں کے داناؤں اور مدبروں کے احوال اس والہانہ پیرائے میں سُنائے کہ وہ سب مبہوت ہو کر ایک ایک لفظ اس کے مُنہ سے نکلا ہوا غور سے سُنتے رہے۔ اُس نے پہاڑوں میں اپنی گذری ہوئی زندگی کا حال سنایا۔ لیکن اس کے ساتھ اُس نے یہ بھی کہا کہ۔ وہ لوگ بھی یہ سب کچھ حاصل کرسکتے ہیں۔ اس دنیا داری میں۔ رہتے ہوئے بھی، کھیتوں میں کام کرتے ہوئے بھی اور اپنے گھر والوں میں۔ زندگی گذارتے ہوئے بھی۔ لیکن صرف شرط یہ ہے کہ وہ لوگ ہر وقت، ہر دم خدا کو یاد رکھیں۔

اٹھتے، بیٹھتے، سوتے، کام کرتے جاگتے صرف اسی طرح وہ خدا کی قربت حاصل کرسکتے ہیں

وہ نوجوان بیوہ بھی اپنے کمرے کی کھڑکی سے اس کی آواز سُن رہی تھی۔ وہ بیٹھی ان دنوں کو سوچ رہی تھی جبکہ وہ ایک لڑکی تھی۔ اس گاؤں میں وہ اس کے ساتھ کھیلا کرتی تھی۔ وہ جو اس گاؤں میں لوگوں کو تلاش حق اور تلاش منزل کا راستہ بتلا رہا تھا۔ لیکن اس کا وقت بھی اب آنے والا تھا۔ جبکہ وہ اس کو راستہ دکھائے گی۔ طربناک منزل کا۔ خوشگوار اور مسرت انگیز راستہ۔ کیوں کہ اس کی کسی نے یہ پیشین گوئی کی تھی۔ اسی وقت سے وہ اِنتظار میں تھی کہ وہ وقت آئے اور وہ لمحہ جلد قریب ہو۔

دیہاتوں میں رات کا اندھیرا جلد چھا جاتا ہے۔ رات آئی اور لوگ وہاں سے رخصت ہو ہو کر اپنے اپنے گھروں میں چلے گئے۔ جاتے وقت لوگوں میں بحث ہوئی کہ کس کے گھر میں اس کو قیام کرنا چاہیئے لیکن اُس نے یہ کہہ کر تمام حجت ختم کر دی کہ وہ اسی درخت کے نیچے ہی سونا پسند کریگا۔

گاؤں کے لوگ اپنے اپنے گھروں کو چلے گئے۔ گھر پہنچ کر بھی کتنی دیر تک وہ اس مہاتما کے متعلق گفتگو کرتے رہے۔ جس سے وہ سب بھولے بھالے دیہاتی بہت متاثر ہو گئے تھے۔ جس کی باتیں اُن کے دل میں گھر کر گئی تھیں۔ یہی باتیں کرتے کرتے وہ۔ جلد ہی نیند کی آغوش میں چلے گئے اور وہ آدمی جو درخت کے نیچے سو رہا تھا۔ نیند میں بھی اِن کے خیالوں میں بسا رہا۔

۳ش

لیکن سارے گاؤں میں صرف ایک کمرے میں اب تک روشنی جل رہی تھی۔ وہ اس نوجوان بیوہ کا کمرہ تھا۔ اس کا وقت آگیا تھا۔ اِس کے اِنتظار کی مدت ختم ہوگئی تھی۔ وہ اپنے کمرے سے باہر نکلی۔ چراغ اب بھی اس کے کمرے میں جل رہا تھا۔ وہ آہستہ چلتی ہوئی اپنے گھر کے دالان کو پار کرکے باہر نکلی۔ ایک کتے نے بھونکا لیکن کوئی نیند سے بیدار نہ ہوا۔ چاند کی ہلکی روشنی زمین پر پڑ رہی تھی۔ نرم ہوائیں چل رہی تھیں ہر طرف خاموشی کا راج تھا۔ پورا گاؤں غنیمت کی آغوش میں پہنچ چکا تھا۔ تب ہی وہ آہستہ آہستہ چلتی ہوئی ٹھیک اس درخت کے نیچے پہنچ گئی اور درخت کے نیچے سوئے ہوئے آدمی کے قریب آکر کھڑی ہوگئی۔

وہ ایک لمحہ تک اس کو بغور دیکھتی رہی۔ تب ہی اُس کی آنکھوں کے سامنے ماضی کے کئی اوراق پلٹ گئے۔ کتنی ہی دیر وہ اسی محویت کے عالم میں اس کو دیکھتی رہی۔ اچانک اس نے سوتے سوتے کروٹ بدلی۔ تب ہی اس نے آہستہ سے اس کا نام پکارا۔ 'موہن'۔ سونے والا چونک پڑا۔ اور اُٹھ بیٹھا۔ بہت عرصے سے کسی نے اس کا نام لے کر پکارا نہ تھا۔ وہ اس کے پاس کھڑی رہی۔ گرم خون اس کے بدن میں دوڑنے لگا۔ اور اس کے بدن کی بھینی بھینی بدست خوشبو سے وہ جھوم اٹھا جو نرم اور عطر بیز تھی۔ "آؤ چلیں"۔ اس عورت نے کہا۔ وہ کھڑا ہوگیا۔ اور اس مست خرام نار

کے قدم بہ قدم چلنے لگا.......... تاکہ وہ اپنی منزل تک پہنچ سکے جس کی اب تک اس کو جستجو تھی اور جس کی اب تک اس کو تلاش تھی.

از

ایم۔ ڈگنٹ : ۵۵

زُود پشیمان

میں اس دن کو ہمیشہ یاد رکھوں گا۔ ایک ایسے گھر میں جہاں سے قہقہے اور مسرتیں چھین لئے گئے ہوں۔ اور اس کی جگہ ایسی خاموشیوں اور تناؤ کا دور دورہ ہو جو ایک میت کو اٹھاتے وقت چھا جاتا ہے۔ میرا گھر اس قسم کی کیفیت سے ڈوبا ہوا تھا۔ "یا خدا"؟ میں نے دل میں کہا۔ وہ اچھی ہو جائے۔ وہ موت کے جبڑوں سے بچ جائے کہ میں اُس سے کہہ سکوں کہ میں شرمندہ ہوں اپنی حرکتوں پر نادم ہوں"۔ میں نے اپنے بازوؤں پر ایک ہاتھ محسوس کیا۔ آنسوؤں کو جذب کرتے ہوئے میں نے نظریں نیچی کرلیں۔" ڈیڈی! ماں کب سو کر اُٹھے گی"؟ وہ میری لڑکی سُینتا تھی۔ جو گذشتہ ماہ آٹھ برس کی ہو چکی تھی۔ میں اس سے کچھ کہہ نہ سکا۔ اُس کے سر کو اپنے سینے سے لگا کر تھپکنے لگا۔ اچھی توقع رکھنا چاہیئے۔" ڈاکٹر نے ہسپتال میں مجھ سے یہی کہا تھا۔ اور

اس وقت میں اپنے گھر میں کھڑا دوست احباب سے گھرا ہوا دوا خانے سے فون کا انتظار کر رہا تھا کہ میرا لڑکا چیخ چیخ کر رونے لگا۔ اس کی بلند چیخوں نے مجھ کو بالکل نروس کر دیا۔ سنیتا نے اُسے گود میں اٹھا لیا اور اس کے بوجھ کو بہ مشکل سنبھالتے ہوئے مجھ تک لے آتی۔ بچے کو مجھے دے کر اُس نے باورچی خانے سے دودھ کا بھرا ہوا گلاس لا کر میرے ہاتھ میں تھما دیا۔ لڑکے نے میرے ہاتھ سے دودھ پینے سے انکار کر دیا۔ کیوں کہ وہ اپنی ماں اور بہن سے لاگو تھا۔ میں اپنی تفریحات میں اپنے گھر اور اپنے بچوں سے بہت دور ہو گیا تھا۔ اس لئے بچے کو گود میں لینے اور بہلانے میں ناکام رہا۔ اخیر میں نے لڑکے کو سنیتا کو دے دیا۔ اور دونوں کو تفریح کرانے کا پروگرام بنایا۔

سردی کے موسم کا چمکدار سورج انسانوں، حیوانوں اور نباتات میں حرارت پیدا کر رہا تھا۔ باغوں میں نوجوان جوڑے ہاتھ میں ہاتھ ڈالے ٹہل رہے تھے۔ جنہیں دیکھ کر مجھے اپنی بیوی بندو کی کمی اور شدت سے محسوس ہونے لگی۔ ممی کیا مرنے والی ہیں؟" میری سمجھ دار اور ہوشیار لڑکی نے سوال کیا۔ بہن۔ بالکل نہیں۔ آخر تم نے یہ کیسے سمجھ لیا؟" آپ کی آنکھوں میں آئے ہوئے آنسوؤں کی وجہ سے؟ میں نے جلدی سے اپنی آنکھیں پونچھ لیں! آخر ممی کو ہوا کیا ہے؟ اس نے پھر پوچھا۔ میں نے جواب نہیں دیا۔ دراصل بندو نے نیند کی گولیاں زیادہ تعداد میں کھالیں تھیں۔

۵۷

یہ صرف کل ہی کی بات معلوم ہوتی تھی میں نے جب بندو سے شادی کی تھی۔ ہماری شادی کو نو سال گزر چکے تھے۔ ہماری زندگی پُرمسرت گذر رہی تھی کہ دفعتاً بندو کو احساس ہونے لگا کہ میں مستقل مزاج نہیں بلکہ جذباتی اور ضدی ہوں۔ اس کے برعکس وہ بہت حساس، شرمیلی اور صابر رہی ہیں سے ہمارے درمیان دراڑ پیدا ہونی شروع ہو گئی۔ میں ایک آزاد طبع آدمی تھا۔ گھر سے باہر جانے کا عادی۔ ہنگامہ خیز، پرشور پارٹیوں کا دلدادہ۔ رات رات بھر پتوں اور شراب سے دل لگانے والا۔ مجھے ایسے ہی دوستوں کی پارٹی پسند تھی۔ لیکن بندو ان صحبتوں کو بالکل پسند نہ کرتی تھی اس لئے جب میں اسے باہر چلنے کی ترغیب دیتا تو وہ ہمیشہ کوئی نہ کوئی بہانہ کر دیتی۔ کبھی دردِ سر کا بہانہ، کبھی کسی بچے کی بیماری کا عذر، کبھی گھر کے کام کاج کی مصروفیت۔ ابتداء میں تو دو ایک بار میں بھی گھر پر ٹھیر گیا۔ مگر گھر پر میرا دل بالکل نہیں لگا۔ میں خود کو بیمار محسوس کرنے لگا۔ لیکن وہ بہت خوش رہتی، بچوں کے کپڑے دھوتے وقت، کسی بچے کو سلانے کے لئے لوری دیتے وقت یا بستر کے قریب لیمپ کے پاس مطالعہ کرتے وقت اس کے چہرے پر گہری طمانیت نظر آتی۔ آخر ایک دن میں نے بندو سے کہا، "خدا جانے تم کو اس طرح گھر میں گھسے رہنا کس طرح اچھا لگتا ہے۔ میں تو کلب جا رہا ہوں۔" "یہ تو بہت اچھا ہے۔" وہ بولی۔ "آپ شوق سے کلب جایا کریں۔ لیکن مجھے ساتھ چلنے پر اصرار

مت کیجئے۔" اس طرح مجھے چھٹی مل گئی۔ اور میں کلب جانے لگا۔ ایک طویل عرصے تک میں اسی معمول پر قائم رہا۔ اور ہمارے تعلقات میں کسی قسم کا فرق نہیں ہوا۔ لیکن ایک واقعہ نے ہمارے رشتے کو بالکل بودہ کر دیا۔ ایک رات جب میں گھر آیا وہ گہری نیند سو رہی تھی۔ یہ وقت تین بجے رات کا تھا میں بالکل مدہوش تھا۔ اس رات کلب میں میں نے پانچسو روپے جیتے تھے میں چاہتا تھا کہ میری مسرت میں بندو بھی بھرپور ساتھ دے۔

بندو میں نے اس کی پلنگ کے پاس آکر پکارا۔ پھر اس کا بازو پکڑ کر ہلایا اور زور زور سے اس کا نام لے کر آواز دینے لگا۔ اس پر بھی وہ نہ جاگی۔ اب میں نے یہ کیا کہ حمام میں جا کر آدھی بالٹی بھر کر کمرے میں آیا اور بالٹی بندو پر انڈیل دی۔ وہ تڑپ کر جاگ اٹھی۔ اور خوب چیخ و پکار کرنے لگی۔ مجھے غصے میں یاد نہیں رہا کہ اس نے بگڑ کر کیا کہا۔ اور پھر میں نے غصے میں کیا جواب دیا۔ حالاں کہ میں سچے دل سے اسے جیت کی خوشی میں شامل کرنا چاہتا تھا۔ اور اس کے ساتھ ہی یہ بھی میرا ارادہ تھا کہ دوسری صبح ایک زری کی ساڑی اور بلاوز بندو کے لئے خریدونگا۔ لیکن افسوس کہ اس سارے پروگرام کا اختتام لڑائی جھگڑے پر ہوا۔ میں غصے میں گھر سے باہر نکل گیا۔ اور باقی رات ایک اعلیٰ درجہ کی طوائف کے ساتھ گذار دی۔

دوسری صبح جب میں گھر آیا تو میرے ضمیر نے کچھ ملامت نہ کی۔ کیوں کہ

جھگڑے کی وجہ خود بندو تھی۔ جسے مذاق سہنے اور مذاق کا جواب مذاق سے دینے کا سلیقہ نہ تھا۔ "آپ رات کہاں تھے"۔ اس نے پوچھا، کیا اتوار کے دن بھی آدمی اطمینان سے سو نہیں سکتا۔" یہ کہہ کر میں نے رضائی اوڑھ لی۔ اس نے ایک جھٹکے کے ساتھ چائے کی پیالی فرش پر رکھ دی اور کمرے سے باہر نکل گئی۔ میں اپنے گرم بستر پر اطمینان کے ساتھ اس کے کمرے سے باہر جانے پر شکر ادا کرکے لیٹا رہا۔ تھوڑی ہی دیر بعد میں چونک پڑا۔ سرد اور ٹھنڈے پانی سے گویا مجھے نہلا دیا گیا تھا۔ میں اٹھ بیٹھا اور ہاتھ سے منع کرنے لگا۔ مگر سنتا کون۔ مجھ پر پانی کی بوچھار پڑتی گئی۔ وہ بالٹی ہاتھ میں لئے ہنس رہی تھی۔ اور اس کے ساتھ ہی سینتا بھی قہقہے لگا رہی تھی میں غصے میں دیوانہ ہوگیا۔ پلنگ سے اترا اور بندو کو ایک تھپڑ مار دیا۔ حیرانی اور شرمندگی نے اس کی زبان بند کر دی۔ سینتا بھی چپ ہوگئی۔ میرا خیال تھا کہ بندو روئے گی اور میں تھوڑی دیر میں اس کو منا لونگا۔ اور اس طرح بات آئی گئی ہو جائے گی۔ مگر ایسا نہیں ہوا۔ وہ ایک دم سنجیدہ ہوگئی۔ اور کمرے سے چلی گئی۔

یہ پہلا اہم واقعہ تھا۔ جس کی بدولت ہم دونوں میں اختلافات کی بنیاد پڑی۔ اس کے بعد جب بھی رات گئے میں شراب میں ڈوبا ہوا گھر میں داخل ہوتا یا رات رات بھر گھر سے غائب ہو کر صبح آتا تو وہ مجھے کچھ نہ کہتی۔

اگر اس رات جب اس نے مجھے بستر پر پانی سے نہلا دیا تھا مجھے غصّہ نہ آتا تو اس حد تک بات نہ پہنچتی۔

یہ میری ہی غلطی تھی۔ جس نے اس کی بھوک، پیاس نیند سب غائب کر دی تھی۔ یہ بات مجھے مہینوں تک معلوم نہ ہوئی کہ وہ نیند کی گولیوں کی عادی بن گئی ہے۔ تاکہ میں رات گئے اپنے مشاغل سے فرصت پاکر آؤں تو وہ جاگتی نہ رہے ایک دن میں نے اس کی پلنگ کے پاس تپائی پر نیند آور گولیوں کی شیشی دیکھ کر پوچھا بھی تو اس نے جواب دیا۔ "تم کو اس سے کیا مطلب۔ اگر میں نیند کی گولیاں کھاتی ہوں یہ" "تم ٹھیک کہتی ہو مجھے یہ دریافت کرنے کا حق نہیں۔ جب کہ میں خود بُری عادتوں میں سرتاپا غرق ہوں"۔ "تم رات بھر کہاں رہتے ہو۔ اور کیا کرتے ہو"۔ آخر اس نے پوچھ لیا۔ وہی روز کے شغل میں معروف ہوں۔ کلب میں تاش کی بازی ہوتی ہے"۔ "کیا تم اس کو ترک نہیں کر سکتے"۔ اُس نے پوچھا۔ جب کوئی خاص وجہ نہیں تو میں تاش کھیلنا کیوں ترک کروں"۔ "کیا تم نے کسی عورت کا انتظام کر لیا ہے"۔ "ہاں۔ مجھے ایک عورت مل گئی ہے۔ کیا اور بھی کچھ پوچھنا ہے"۔ "نہیں بس کافی ہے"۔ اس نے جواب دیا۔

میرے مشاغل جاری رہے۔ دفعتاً ایک رات جب میں مسلسل ہار رہا تھا۔ مجھے خیال آیا کہ آج ہماری شادی کی سالگرہ ہے۔ بند و نے مجھے

یاد کیوں نہیں دلایا۔ اسی وقت میرے دوست ہرلش نے فون کیا۔ سالگرہ مبارک ہو۔ میں دفعتاً پھر فون کی طرف لپکا۔ بڑی مشکل سے ریسور اٹھایا اور گھر کا نمبر ڈائل کرنے لگا۔ معلوم نہیں میں عالم مدہوشی میں غلط نمبر ملا رہا تھا یا وہ گہری نیند سو رہی تھی۔ مجھے کوئی جواب نہ ملا۔ میں نے سوچا اس وقت گھر جانا ہی بہترین پالیسی ہوگی۔ اب بھی میرے جیب میں ستائیس روپے باقی تھے۔ جس سے میں اس کے لیے کچھ خرید سکتا تھا۔ میں دیوانوں کیطرح اپنی کار میں تمام شہر گھومتا رہا۔ مگر کوئی دوکان کھلی نہ ملی۔ تب میں پانچ ستارے نامی ہوٹل گیا جو تمام رات کھلا رہتا تھا۔ اور وہاں اس عورت سے ملا جس سے آج میں ملنا نہ چاہتا تھا۔ "ہلو ڈیر"۔ اس نے مجھے دیکھ کر خاص پیشہ ورانہ تبسم سے کہا۔ "ہلو"۔ میں نے اس کی لگاوٹ کی نظر کو روکتے ہوئے کہا۔ کیوں کہ آج میں اس کے پاس دوسرے ہی مقصد سے آیا تھا۔ میں آج تمہارے پاس رک نہیں سکتا۔" میں نے کہا۔ "مجھے پھولوں کا ایک گلدستہ چاہیئے اپنی بیوی کے لئے۔ آج ہماری شادی کی سالگرہ ہے۔ کیا تم میرے لئے اس کا انتظام کرسکتی ہو۔" یقینی میں یہ خدمت بھی انجام دے سکتی ہوں۔" اس نے ہنستے ہوئے کہا۔ "میرے کمرے میں کئی گلدستے ہیں جو میرے چاہنے والوں نے بھیجے ہیں۔ تم ان میں سے جو چاہے لے جاسکتے ہو۔" یہ کہہ کر وہ دوسری طرف چلی گئی۔

بڑی تلاش کے بعد مجھے اس کا کمرہ ملا۔ میں نے پھولوں کا ایک گلدستہ انتخاب کر کے اٹھایا اور فوراً کمرے سے نکل گیا۔ نئے اٹینڈنٹ نے مجھے مشکوک کی نظروں سے دیکھا۔ شاید وہ مجھے چور سمجھ رہا تھا۔ میری بدحواسی نے اس کے شبہہ کو اور تقویت پہنچائی۔ اور میرے اس استدلال کو کہ میں کمرے کی مالکن کی اجازت سے گلدستہ لے جا رہا ہوں۔ اس نے رد کر دیا۔ اور مجھے وہ ہوٹل کے نگران کار جاسوس کے پاس لے جانے لگا۔ راستے میں اس ڈر سے کہ کہیں پولیس نہ طلب کر لی جائے میں نے اٹینڈنٹ کو چکما دے کر بھاگ جانے میں ہی عافیت سمجھی۔ گلدستہ کو خیرباد کہہ کر جو کہ اس کے ہاتھ میں رہ گیا تھا میں دوڑتا ہوا کار تک پہنچا۔ ویران راستوں سے کار چلاتے ہوئے گھر آیا۔ کمرے میں داخل ہو کر زور سے میں نے کہا۔ "بندو! سالگرہ مبارک ہو"۔

میرا خیال تھا کہ وہ سالگرہ منانے کے لئے جاگ رہی ہوگی۔ کیونکہ ابھی رات باقی تھی۔ مجھے یاد ہے کہ شادی کی ابتدائی سالوں میں ہم سالگرہ بڑے جوش و خروش سے مناتے تھے۔ لیکن آج جوں ہی میں نے قدم آگے بڑھایا۔ وہ اپنے بستر کے کنارے بے سدھ بے ہوش پڑی تھی۔ اگر وہ مجھے بستر پر ملتی تو میں یہ سمجھتا کہ وہ گہری نیند سو رہی ہے۔ مگر اس طرح بستر کے کنارے پڑے رہنے پر مجھے واقعہ کی سنگینی کا احساس ہوا۔ قریب پہنچ کر جب میں نے اسے اٹھانے کی کوشش کی تو خواب آور گولیوں کی شیشی

اس کی مٹھی میں دبی دیکھی۔ جو اس کو یکجا کرتے ہوئے میں نے ڈاکٹر کو فوراً فون کیا۔ اور اس طرح بندرو ڈاکٹر کی مدد سے ہسپتال فوراً منتقل کر دی گئی۔

صبح تک اس واقعہ کی کافی تشہیر ہو گئی۔ میرے گھر میں ملاقاتیوں کا تانتا سا بندھ گیا۔ لوگ اس واقعہ کے پیچھے چھپی ہوئی حقیقت کو پا گئے تھے میں ملامت آمیز نظروں سے کہیں چھپ جانا چاہتا تھا۔" ڈیڈی"۔ سُنیتا کی آواز نے میرے خیالات کو بکھیر دیا۔" مجھے پیاس لگی ہے"۔ ایک رسٹورنٹ میں لے جا کر میں نے دونوں بچوں کے لئے کھانے پینے کا بندوبست کیا۔ تھکے تھکے قدموں سے جب میں گھر پہنچا تو دو چار آدمی دوڑتے ہوئے میرے پاس آئے اور کہا:" خدا بڑا مہربان ہے۔ دوا خانے سے فون آیا ہے کہ اب وہ خطرے سے باہر ہے"۔ مزید تقویت کے لئے میں نے خود فون کیا۔ دوسری طرف سے ڈاکٹر نے کہا۔" آپ بڑے خوش قسمت ہیں۔ اگر آپ مجھے بر وقت گھر پر طلب نہ کرتے تو مریضہ کا بچنا ناممکن ہو جاتا"۔" کیا اب میں اسے گھر لے جا سکتا ہوں"۔ میں نے پوچھا" یقیناً۔ اب آپ اُسے گھر لے جا سکتے ہیں"۔ بہت بہت شکریہ۔ ڈاکٹر جذباتی موڈ میں بہت کچھ کہنا چاہتا تھا۔ لیکن ڈاکٹر نے دوسری طرف فون بند کر دیا۔ اور میں اپنے دونوں بچوں کو چمٹا کر رونے لگا۔ خوشی کے آنسو۔ مسرت کے آنسو، اور تشکر کے آنسو میری آنکھوں سے بہنے لگے۔

از
گوپی انوبا :-

طوطے

ایک درمیانی عمر، لانبا قد اور گندمی رنگ کا آدمی میرے دروازے پر کھڑا تھا۔ جس کی کل کائنات کچھ کپڑے، کمبل، پیتل کا گھڑا، گلاس، یہ سب سامان ایک تھیلے میں بھرے ہوئے اُس کی پیٹھ پر لدے تھے۔ اس کے ایک ہاتھ میں ایک چھوٹا سا پنجرہ تھا جس میں دو طوطے بند تھے۔ مجھے دیکھ کر اس شخص نے کہا۔ "یہ طوطے فروخت کے لئے ہیں۔" میں نے کہا۔ "شکریہ ابھی اس کی ضرورت نہیں" اس جواب کو سن کر میرا بچہ جو میرے ساتھ تھا اور جو بڑی معصومیت سے طوطوں کو پنجرے میں اوپر سے نیچے آتے جاتے دیکھ رہا تھا اس نے اپنے ہاتھ کی گرفت میرے ہاتھ پر مضبوط کر دی۔ تھیلے والے نے بچہ کا منشاء جان لیا۔ اور اسے مزید لبھانے کے لئے پنجرے کو اوپر اٹھالیا تاکہ

میرا بچہ طوطوں کی دلفریبی اور ان کے دلچسپ حرکتوں کو اور بغور دیکھ رہے۔ اس میں شک نہیں کہ یہ شخص اِنسانی نفسیات کا ماہر بھی تھا۔ کیونکہ اُس کے فوراً بعد اُس نے بڑی درد بھری آواز میں مجھے مخاطب کیا۔ "مجھے روپیوں کی ضرورت ہے تاکہ میں ریل کا ٹکٹ خرید کر اپنے گھر جا سکوں۔"

اس سال بہت سے لوگوں کو روپیوں کی ضرورت تھی۔ تاکہ وہ اپنا اپنا نیا گھر ڈھونڈھ سکیں۔ اس خیال کے آتے ہی میں نے ازراہِ ہمدردی طوطے خرید لیئے۔ کیوں کہ میں خود بھی اسی کشتی میں سوار تھی اور بہت جلد نقل مقام کرنے والی تھی۔

میرے لڑکے نے مسرت اور تمکنت سے پنجرے کو اٹھا کر کمرے میں سنگِ مرمر کی میز پر رکھ دیا اور اس وقت اس کی نظروں میں چاہت کا چشمہ اُبل پڑا جب میں نے ان طوطوں کے لئے پنجرے میں سبز مرچ اور ٹماٹر کے ساتھ ایک چھوٹی سی کٹوری میں پانی بھی بھر کر رکھ دیا۔ لیکن اس ہمدردانہ کام کے دوران اپنی انگلی کو نہ بچا سکی۔ ایک طوطے نے اسے کاٹ ہی لیا۔ طوطے کی بھی عجیب ذات ہے۔ مہربانی کے بدلے میں بھی کاٹ کھاتا ہے۔ لیکن میں نے اپنے لڑکے سے یہ نہیں کہا بلکہ طوطے کی اس برہمی کی یہ وجہ بتائی کہ چونکہ وہ پنجرے میں ہے اس لیئے برہم اور افسردہ ہے۔ کیوں کہ وہ بھی ہماری طرح کھلی فضا میں رہنا چاہتا ہے۔ بچہ نے میری یہ بات اچھی طرح سمجھ لی۔ یہ بتے

س طوطے کو رہا کرنے کا پروگرام آئندہ دن کے لئے ملتوی کر دیا۔

ہمارے شہر حیدرآباد سندھ میں طوطے کے لئے مناسب مقام قلب شہر کی مسجد کا وہ گھنا درخت تھا جس پر کم از کم ایک سو کبوتر اور ایک مور بھی رہتے تھے۔ میں نے فیصلہ کیا کہ ان ہرے طوطوں کے لئے یہی گھنا درخت مناسب رہے گا۔ لیکن فوراً ہی مجھے اپنے باغ کا خیال آیا۔ جو آبادی سے دور شہر کے دوسرے کنارے پر تھا اور جس میں پھلوں اور میوؤں کے درخت کے علاوہ ایک چھوٹا تالاب بھی تھا جس میں مرغابیاں تیرا کرتی تھیں باغ کا پرانا مالی دامی اپنے کنبے کے ساتھ یہاں رہتا تھا۔ درختوں کی نگرانی کے ساتھ آوارہ جانوروں سے باغ کی حفاظت کرنا بھی اسی کا کام تھا باغ گئے ہوئے مجھے ایک ماہ کا عرصہ گذر چکا تھا۔ شہر کے حالات بد سے بد تر تھے چونکہ فساد ہوئے تھوڑے ہی دن ہوئے تھے اس لیے لوگوں میں تناؤ اب بھی باقی تھا۔ لیکن مجھے یقین تھا کہ ہماری بگھی کو شہر کا ہر شخص جانتا ہے اس لئے مجھے اور میرے بچے کو کوئی نقصان نہ پہنچے گا۔ لیکن دین محمد ہمارا پرانا بہی خواہ یہ خطرہ مول لینے تیار نہ تھا۔ اس کی رائے تھی کہ پرندوں کو اسی جگہ رہا کر دیا جائے یا مسجد کے مولانا کو دیدیا جائے میرے کچھ جواب دینے سے پہلے ہی وہ مسجد گیا اور مولانا کو بلا لایا۔ میں نے دیکھا کہ مولانا کے آنکھوں میں آنسو تیر رہے تھے میری دادی اور میری والدہ کو خدا حافظ کہنے کے لئے ان کے

منہ سے کوئی الفاظ نکل نہ سکے۔ میرے لڑکے کے سر پر ہاتھ رکھ کر انھوں نے وعدہ کیا کہ وہ ان طوطوں کی اچھی طرح دیکھ بھال کرینگے۔ میں نے مولانا سے کہا۔ کہ طوطوں کو پنجرے میں ہی قید رکھنا نہیں چاہتی چاہے وہ مولانا کے پاس ہی کیوں نہ ہو۔ میں انھیں آزاد کرنا چاہتی ہوں۔" مولانا نے اندیشہ ظاہر کیا کہ اس جگہ طوطوں کو رہا کرنے میں ڈر ہے کہ شاید انھیں پھر گرفتار کر کے قید کیا جائے اور فروخت کیا جائے۔ میں نے بوڑھے مولانا کے مشورے کا شکریہ ادا کیا اور ان سے خواہش کی کہ وہ میرے ضعیف باپ کی خبر گیری کرتے رہیں جو ایک ہند وکمیونٹی کے صدر خاندان ہونے کے ناطے شہر ہی میں ٹھیرنے پر مجبور تھے۔

دوپہر کے قریب ہم باغ میں پہنچے۔ دین محمد میری دادی اور والدہ کو اسٹیشن پر چھوڑنے کے بعد ہمارے ساتھ باغ نہ آسکا۔ آنسوؤں کو ضبط کرتے ہوئے وہ وہیں ٹھیر گیا۔ کیونکہ ہم سب کی جدائی بہت شاق تھی۔ اس لئے میں نے دوسرے کوچ میں خاں صاحب کو ساتھ لیا۔ جسکی آنکھوں میں وفاداری کی جوت ہمیشہ جلتی رہتی تھی۔ میرے لڑکے کو اپنے زانو پر بٹھلائے سارے راستے وہ خوش گفتاری میں معروف رہا۔ میں اپنے اطراف گزرتے ہوئے مناظر کو دیکھ رہی تھی جن کو میں اب یہاں سے رخصت ہونے کے بعد کبھی نہ دیکھ سکوں گی۔

ہمارے باغ کا پھاٹک کھلا ہوا تھا۔ ہم نے مالی کو آواز دی۔ خانصاحب

نے بھی زور سے رامی، رامی کی صدا دی۔ لیکن ہماری آواز صدابے بازگشت ثابت ہوئی۔ وہاں رامی تھا ہی نہیں تو آتا کیسے۔

سورج کی غروب ہوتی ہوئی کرنیں تمام ماحول کو رنگینی اور رعنائی بخش رہی تھیں۔ میں اس منظر کی دلفریبی میں کھوسی گئی۔ ماحول کا سحر اس وقت ٹوٹا جب لڑکے نے مجھے مخاطب کر کے کہا؟ ماں تم نے تو کہا تھا طوطے پھلوں اور میوؤں کے درخت دیکھکر فوراً پنجرے سے نکل جائیں گے جبکہ لان کے بیچ میں رکھ کر میں نے پنجرے کا دروازہ کھول دیا تھا۔ لیکن اس کے باوجود دونوں طوطے پنجرے سے چمٹے رہے۔ باہر نکلنے کی مطلق کوشش نہیں کی۔ میں اپنے لڑکے کولیکر پنجرے سے کچھ فاصلے پر بیٹھ گئی تاکہ دور سے انکی پرواز کا منظر دیکھ سکوں۔ لیکن کافی عرصہ گزرجانے کے باوجود طوطے پنجرے ہی میں رہے۔ شاید انھیں یقین نہیں آرہا تھا۔ ان کے پنجرے کا دروازہ کھل گیا ہے ان میں سے ایک طوطا دوسرے پر گر پڑتا تھا۔ اور بعض دفعہ جھنجھلا کر پنجرے کی تیلیوں کو دانتوں سے توڑنے کی کوشش بھی کرتا تھا۔ غالباً وہ بھی میری طرح اُمید سے تھا۔ اور اُسی پنجرے کے اندر ہی گھونسلے کی تیاری کی کوشش کر رہا تھا۔ اس طرح یہ بیوقوف طوطے پنجرے کے اندر ہی بیٹھے رہے۔ ایکبار بھی باہر نکلنے کی کوشش نہیں کی۔ باہر درختوں پر بے شمار طوطے شاخوں پر اِدھر اُدھر اُچک رہے تھے۔ شور کر رہے تھے۔

از

پرمیلہ بہارت سنگھ

طوفان

اس نے میلے گدلے پانی میں پتھر پھینکا اور ان لہروں کو دیکھی رہی جو پتھر پھینکنے سے پانی کی سطح پر پیدا ہوئی تھیں یہاں تک کہ وہ سب کے سب پانی کی گہرائی میں غرق ہوگئیں۔ اس کی بھی یہی خواہش تھی کہ وہ پانی کی گہرائی میں غرق ہو جاتی تمام فکروں سے آزاد ہوکر ایک بجھا ہوا تبسم اُس کے ہونٹوں پر نمودار ہوا گنگا کا مقدس پانی سینکڑوں گنہگاروں کو اپنے اندر غرق کر لیتا ہے اور ان کو سکون اور شانتی بخشتا ہے اس نے سینکڑوں مرتبہ سوچا نہ جانے کتنی لڑکیوں کو میری طرح اس عجیب صورت حال کا سامنا کرنا پڑا ہوگا جس سے اب میں گذر رہی ہوں....

نامرد.... وہ نامرد تھا شادی کرکے ان کو صرف تین ماہ ہوئے تھے ابھی ان کے آگے ساری زندگی پڑی تھی اگر اس کے والد کو یہ حال معلوم ہو تو اُن کا

کیا حال ہوگا غصہ اور نفرت کس کے خلاف ہوں گے اس کے شوہر کے خلاف یا قسمت کے خلاف علٰحدگی، جھگڑا یا کیونکہ وہ یہ بے غرتی برداشت نہیں کرسکتے سماج کے پابند والدین افسوس کریں گے ڈھیروں افسوس جس کی ان کے پاس کمی نہ ہوگی اس کے دوستوں اور رشتہ داروں سے صرف اتنی ہی توقع کی جاسکتی ہے کہ اس نے ایک خوبصورت مرد پایا ہے مگر دراصل وہ نامرد ہے زندگی کا یہ بھیانک مذاق اس کے ساتھ کیا گیا ہے کیا وہ ان باتوں کا سامنا کرسکے گی غصہ علٰحدگی اور شدید صدمہ اور پھر عدالت کے ذریعہ طلاق . . . .

اس طرح کیا وہ دو اوسط گھرانوں کے غرور کو ملیا میٹ کرسکتی ہے اور پھر ساتھ بیٹس کا کیا ہوگا اس نے پانی سے اپنا پیر باہر نکالا اور اپنے تناسب اور خوبصورت ٹانگوں پر بھیگی ساڑی لپیٹ لی کوئی سا اس اس کے غلط اقدام کو پہچان نہیں سکتی کیوں کہ وہ بہت باتمیز تھی۔ خوش اخلاق اور سلیقہ مند شیشی جانتی تھی کہ وہ ان خصوصیات کی حامل ہے اس کے برعکس طوفانی جذبات اور احساسات نے اس کو اپنی گرفت میں لے رکھا تھا وہ محبت چاہتی تھی سرگرم محبت جسمانی آسودگی کے لئے پرجوش محبت تاکہ اس کے بے لگام جذبات کی پزیرائی ہو۔ اس کو اپنے شوہر کی بے کیف شرمیلی چھیڑ چھاڑ سے نفرت تھی اور اس کو اپنی ساس کی مکارانہ نگاہوں سے بھی نفرت تھی سخت نفرت . . .

کیا وہ جانتی ہے یقیناً وہ جانتی تھی لیکن نہایت رازدارانہ طور پر اور بڑی

مکاری سے اس نے اس امر کو پوشیدہ رکھا تھا کتنی مائیں اس جرم میں شریک ہونگی شیشی نے سوچا وہ متاسف تھی اپنی ساس کے لئے بیوہ ساس سے اس کو ہمدردی تھی اس کے ایک ہی اولاد تھی اور وہ بھی نامرد حسرت نے اس کے قدم تھام رکھے تھے. سچائی کے اظہار کے لئے مجروح ضمیر کی آواز نے اس کو اپنے شوہر کو خیرباد کہنے پر مجبور کر دیا تھا اور وہ تھا ساتیش جس کی بدولت وہ یہ جرأت مندانہ اقدام کرنے والی تھی ساتیش ایک معمولی شکل وصورت کا مرد تھا لیکن اس کی آنکھوں میں بے باکانہ اقدام کا کمینہ پن تھا جس کو اس نے پہلے ہی دن بھانپ لیا تھا وہ اس کی ساس کا چھوٹا بھائی تھا جو نہایت کامیاب طریقہ پر اس کے سسرال کی زمینات کی دیکھ بھال کر رہا تھا. اس کا اپنا فارم اس کے مکان سے ۱۵ میل کے فاصلہ پر تھا اسی لئے وہ اپنی بہن کے گھر میں رہتا تھا تاکہ دونوں جگہ کاموں کی نگرانی کرے کاش وہ عمر ہوتا کمزور اور ناتوان اس کے برعکس اس نے شیشی کے سوئے ہوئے جذبات کو بیدار کر دیا تھا اور خوابیدہ حسرتوں کو نکلنے کی راہ بتادی تھی۔ وہ جمعہ کا دن تھا دوپہر کا وقت اس کی ساس پوجہ کے لئے شو مندر گئی وہی تھی۔ ہر جمعہ وہ مندر ضرور جایا کرتی تھی شیشی کو تعجب تھا کہ کیا وہ اپنے پوتے کے لئے دعا مانگنے مندر جایا کرتی تھی، گھر میں بالکل خاموشی چھائی ہوئی تھی اس کی آنکھوں سے نیند دور تھی پھر بھی وہ سونے کی کوشش کر رہی تھی اتنے

میں دروازہ کھلا اور ساتیش کمرہ میں داخل ہوا اور اُسنے جادو بھری نظروں سے اُسے دیکھا اور آہستہ سے دروازہ بند کر دیا "کیا تمہارے پاس سوئی تاگہ ہے" اس نے پوچھا "میری قمیص کے بٹن ٹوٹ گئے ہیں" چہرہ کی متغیر رنگت کے ساتھ دھڑکتے دل سے اُسنے اپنے ڈبہ سے سوئی تاگہ نکال کر قمیص لینے کے لئے اُسنے ہاتھ بڑھایا لیکن وہ اس کے پاس ہی بستر پر بیٹھ گیا قمیص پہنے ہوئے اور بولا "تو قمیص میں بٹن ٹانک دو" اس کی قربت کے احساس نے اس کے تنفس کو تیز کر دیا اور وہ گھبرا گئی اسی گھبراہٹ میں بٹن ٹانکنے میں سوئی اس کے سینے میں چبھ گئی تب اس نے ندامت سے اپنا جھکا ہوا سر اٹھا کر اس کو دیکھا اور کہا "میں شرمندہ ہوں" اُسنے مسکرا کر چبھی ہوئی سوئی اپنے سینے سے نکال کر اُسے دیدیا اور پھر یکایک دونوں بازو پھیلا کر اس کو اپنی آغوش میں لے لیا۔ یہ بات خلاف توقع بھی نہ تھی وہ کئی دن سے اس کی نظروں سے اس کے ارادوں کو بھانپ رہی تھی اب اس کے جذبات کو تسکین حاصل ہوگئی تھی جو پر مسرت بھی تھی۔ اور کیف انگیز بھی جس میں لگا ہوا ڈر کا بھی شائبہ تھا اگر مان جی کو معلوم ہوگیا تو کیا ہوگا اس کا شوہر کیا کہے گا کاش وہ آزاد ہوتی وہ کب تک ان جذبات کو چھپا سکتی ہے اب وہ اس مکان میں اپنے شوہر کی موجودگی برداشت نہیں کر سکتی تھی۔ اب وہ جی رہی تھی ان لمحات کے لئے جو جمعہ کے دنوں میں اُسے میسر آتے جبکہ مان جی مندر جایا کرتی تھیں تب وہ اور

سانیش جی بھر کر عیش کرتے تھے ایک دوسرے میں جذب ہو کر زندگی کی رنگین گھڑیاں گذارتے جبکہ دونوں کے شعلہ بدوش جذبات کی پزیرائی ہوتی ہم آہنگی اور یک جہتی کے ساتھ جس میں صرف وہ ہوتے اور کوئی نہ ہوتا۔ آخر وہ کب تک اس طرح کی زندگی گذاریں گے ایک دن وہ دریا کے کنارے پانی میں پاؤں ڈالے بیٹھی وہ سوچ رہی تھی کہ ہلکے قدموں کی آواز سے وہ چونک پڑی پیچھے پلٹ کر دیکھا اور کہا "سانیش تم یہاں کب آئے"۔ وہ جواب دینے کے بجائے اس کے پہلو میں بیٹھ گیا اور بولا "یہ تو مری پسندیدہ جگہ ہے" پھر اُنے اپنے پاؤں پر اُس کے پاؤں کا دباؤ محسوس کیا وہ کہنے لگا "دریا کس قدر خوبصورت اور حسین نظر آرہا ہے کیونکہ یہ آزادی کے ساتھ بہہ رہا ہے"۔ اس کے چہرہ پر فکرمندی کے آثار دیکھ کر کہا "کیوں کیا بات ہے" "ہم کب تک اس طرح کی زندگی گذاریں گے" یہ الفاظ اُس کے منہ سے آخر نکل ہی گئے "فکر مت کرو" اس نے نرمی سے کہا "وقت آنے پر سوچیں گے ابھی بہت وقت پڑا ہے ہم کو وقت کا انتظار کرنا چاہیئے یہ مت بھولو کہ وہ میرا بھانجہ ہے" اس کا لہجہ عجیب تھا وہ خود کو مجرم محسوس کرنے لگی وہ اس کو اتنا گری ہوئی کیوں سمجھتا ہے دفعتاً وہ جھکا اور اس پر پانی اچھالنے لگا "سانیش" وہ چلائی مگر وہ ہنس پڑا اور زیادہ پانی اس پر ڈالنے لگا "دیکھو یہ تم نے کیا کر دیا" وہ بولی اس پر ایک گہری نظر ڈالتے ہوئے اسکی

ساڑی بالکل بھیگ گئی تھی یہی نہیں بلکہ اس کا بلوز بھی پانی سے تر اور ہو گیا تھا جس سے اس کا پوشیدہ بدن صاف نظر آ رہا تھا جس کو اُس نے اپنے دونوں ہاتھوں سے چھپا لیا تھا "تم کو فوراً کپڑے بدلنا چاہیئے چلو گھر چلو" وہ اس کے ساتھ چلنے لگی گھر سے دریا کا راستہ ۲۰۰ گز پر تھا تمام راستہ وہ اس کو چمٹائے رہا جب وہ بھی اُسے بلاتا وہ فوراً چلی جاتی اس میں یہ بڑی کمزوری تھی کہ وہ کبھی انکار نہ کرتی مگر اس اقرار کو عقل و شعور سے کوئی تعلق نہیں رہتا بس اس کی صرف یہی خواہش ہوتی کہ ماں جی گھر میں نہ ہوں اور یہ لمحے اور دراز ہوتے جائیں۔

موٹر کی ہارن کی آواز نے دونوں کو چونکا دیا اُس نے اپنے کپڑے سمیٹے اور فوراً کمرے سے باہر چلا گیا اس نے بھی جلدی میں پیٹی کوٹ پر ہی کوٹ پہن لیا جو کام کاج پر پہنا جاتا ہے "شیتی" اس کی ساس نے تیز آواز میں پکارا "آئی ماں جی" اس نے جواب دیا اور نیچے اترنے لگی اس کا کمرہ اوپر کی منزل پر تھا اور ماں جی نیچے کے کمرے میں رہتی تھیں اسے دیکھ کر ساس بولی "یہ تم کوٹ پہنے کیا کر رہی ہو اور تم نے ساڑی کیوں اُتار رکھی ہے؟" ماں جی" اس نے ہکلاتے ہوئے جواب دیا" میں ٹہلتے ہوئے دریا کی طرف چلی گئی تھی .... وہاں میری ساڑی بھیگ گئی"۔

اُس نے جملہ پورا کرنے نہیں دیا۔" میں نے کتنی دفعہ تم کو منع کیا کہ تنہا دریا کی طرف مت جایا کرو" شیشی نے شکر ادا کیا کہ اس کا خیال دوسری طرف پلٹ گیا وہ بولتی گئی "آج کل غنڈوں کی کثرت ہے نہ معلوم کیا ہو جائے" یہ کہہ کر ترکاری کا باسکٹ اس کو دیتے ہوئے کہا " یہ لو۔۔۔۔اور ساتیش کہاں ہے"۔ کیا ماں جی کو سب کچھ معلوم ہو چکا ہے شیشی دل میں ڈری اور نیچی نظریں کئے جواب دیا "مجھے معلوم نہیں شاید اوپر ہوگا" وہ اپنا سر جھکائے رہی اس لئے اس کو معلوم نہیں ہو سکا۔ کہ اس کی نظروں میں کیا ہے۔

ایک اداس صبح جب اُس کی آنکھ کُھلی تو اس کا سر بھاری معلوم ہو رہا تھا اور وہ دل برداشتہ دکھائی دیتی تھی چند دنوں سے وہ صبح ۶ بجے بیدار ہو کر گھر کا کام کاج کرنے میں وہ بے دلی محسوس کر رہی تھی اور کھانے کا خیال آتے ہی اس کو متلی معلوم ہوتی تھی اور اس کی خواہش ہوتی کہ کبھی گوشت بھی کھانے میں ملے مگر اس کی ساس اپنے شوہر کے انتقال کے بعد پکی سبزی خور بنگئی تھی۔

آہستگی سے اسنے جھاڑو دیا اور نیچے آگئی ماں جی پوجے کے کمرے میں تھیں جھوٹے برتنوں کا انبار ایک طرف لگا تھا جن کو دیکھ کر اس کو عجیب سا لگا اور وہ بھاگ کر اوپر چلی گئی اور باتھ روم میں دیوار سے ٹیک لگا کر وہ کھڑی ہو گئی اس کو متلی نہ کرنا چاہئے مبادا اُس کا شوہر

جاگ نہ جائے وہ اس سے سوال کرے گا کہ خدا نے یہ سب کچھ پہلے کیوں نہ سوچا تھا۔ دن چڑھ گئے تھے آنسو اس کے گالوں پر بہنے لگے یقینی سائیش سے وہ محبت کرنے لگی تھی وہ اس کے بچے کی ماں بننا چاہتی تھی لیکن اس طرح نہیں۔

آخر جمعہ کا دن شروع ہوا شیشی کو اپنی ساس کے گھر سے باہر جانے کا انتظار تھا بے حد انتظار ہفتہ بھر وہ سوچتی رہی تھی جو انتظار میں ایک سال سے زیادہ طویل ہو گیا تھا وہ اتنا سوچی کہ اب اس کے پاس سوچنے کے لئے کچھ بھی نہ رہ گیا تھا آخر سائیش کیا کہیگا اس کو یقین کامل تھا کہ وہ کہیگا کہ اب وہ جلد طلاق حاصل کرلے تاکہ وہ شادی کرسکیں اور بچہ اپنے باپ کا جائز اور قانونی وارث ہو اس کو یاد آیا کہ کس طرح والہانہ انداز میں جس وقت وہ بھیگے ہوئے ایک دوسرے سے چمٹے ہوئے دریا کی سمت سے گھر کی طرف آرہے تھے۔ تو اس نے کہا تھا "میں بہت خوش ہوں کہ تمہارا شوہر نامرد ہے میں اب کسی مرد کا تم کو چھونا بھی گوارہ نہیں کرسکتا تم اب مری ہو صرف میری" وہ اس میں سمانے جارہا تھا اور اتنی گرم جوشی سے اس کو لپٹا رہا تھا چمٹا رہا تھا کہ معلوم ہوتا تھا کہ اب وقت کی گردش رک جانے لگی۔ سیاہ بادل آسمان پر تیر رہے تھے کیا ماں جی روانہ ہو گئی ہیں اس کو معلوم نہ ہو سکا۔ بجلی کی چمک اور بادل کی گرج میں موٹر کی آواز اس کو سنائی نہ دی ہوگی وہ آہستہ زینے طے کرکے نیچے اتری سائیش کو تلاش کرنے کیونکہ وہ آج سائیش

کو سب کچھ کہہ دینا چاہتی تھی قبل اس کے کہ وہ اس کو ہاتھ لگائے تاکہ وہ ایک پلان بنالیں اس کے شوہر کے آنے سے قبل ہی سب باتیں طے کرلیں وہ ساتیش کی خاطر سب سے لڑ سکتی تھی اپنے والدین سے اپنے سسرال والوں سے اور ساری دنیا سے اور پھر طلاق تو لینا ہی پڑتی عدالت میں رجوع ہوکر اس میں کوئی ہرج بھی نہ تھا کیونکہ آخر میں ساتیش ہی اس کے ساتھ رہتا نہ صرف وہ بالکل اس کا بچہ بھی تو تھا وہ سب ساتھ رہتے۔

گھن گرج کے ساتھ بارش ہوتی گئی وہ دبے پاؤں زینے سے اتری اور ماں جی کے کمرے میں جھانکی جو نصف کھلا ہوا تھا وہ سب کمرے میں موجود تھے ماں جی، ساتیش اور اس کا شوہر وہ آہستہ باتیں کر رہے تھے لیکن واضح اور صاف گفتگو تھی جس کو وہ اچھی طرح سن سکی "تم ایک معمولی سی بیکار بات کے لئے اتنا شور مچا رہی ہو آخر مجھے یہاں سے کیوں جانا چاہیئے" ساتیش ماں کے سامنے کھڑا کہہ رہا تھا، ماں جی پلنگ پر بیٹھی تھیں اور ان کے بازو اس کا شوہر بیٹھا تھا "کیونکہ وہ حاملہ ہوچکی ہے" ماں جی نے تیز آواز میں کہا کمرے میں خاموشی چھاگئی جس کی وجہ سے پانی برسنے کی آواز تیز سنائی دیتی تھی "اس کو حمل گرا دینا چاہیئے تھا مجھکو معلوم نہ تھا وہ اس قدر دقیانوسی اور پرانے خیال کی ہے آج کل لڑکیاں مانع عمل گولیاں پابندی سے استعمال کرتی ہیں" یہ کہہ کر ساتیش کرسی پر بیٹھ گیا "مگر تم کو معلوم

کیسے ہوا کہ وہ حاملہ ہے" "وہ صبح جب بیدار ہوتی ہے تو بہت مضمحل نظر آتی ہے علاوہ اس کے وہ کئی دفعہ متلی کرتی نظر آئی یہ سب علامتیں ہیں ..... میں جانتی ہوں ..... خیر وہ کہنے لگی "جو کچھ ہوا بہتر ہوا لیکن کچھ دنوں کے لئے تم کو یہاں سے چلا جانا چاہیئے"۔ "میں کیوں یہاں سے چلا جاؤں آخر کس لئے مجھے یہ گھر چھوڑنا چاہیئے ساتیش غصہ میں بولا۔ "یہاں کی آرام دہ زندگی چھوڑ کر میں کیوں چلا جاؤں۔ آخر میں رہوں گا کہاں ..... میں نے کبھی اس کو اہمیت نہیں دی یہ تو ایک دلچسپی کا مشغلہ تھا وقت گذاری کا ذریعہ اور دلکش تفریح ....." "لیکن کچھ بھی ہو اب یہ سب کچھ یہاں نہیں ہوسکتا" ماں جی نے کہا ساتیش اپنے بھابی کی طرف پلٹ کر بولا "تم کیوں خاموش ہو لیکن ..... خیر تم کو اس وقت کچھ کہنے کی ضرورت ہوتی جبکہ تم مرد ہوتے" ماں جی نے غصہ میں پلنگ سے نیچے اتر کر کہا" ساتیش کیا تم سمجھتے ہو کہ وہ اس سے ناواقف ہے کیا وہ نہیں جانتا تم دونوں جو کھیل کھیل رہے تھے اس کو سب معلوم ہے۔ ایک اندھا آدمی بھی یہ جان سکتا ہے اور سمجھ سکتا ہے .....، یہ سب سن کر شیفتی مارے غیرت کے فرش پر گر پڑی اے کاش یہ فرش پھٹ جاتا اور وہ اس میں سما جاتی "ہم دونوں" ماں جی نے مسرت سے کہا "خاموش تھے اور اس دن کا انتظار کر رہے تھے حقیقت تو یہ ہے کہ میرا لڑکا تم سے شدید نفرت کرتا ہے مگر ہم نے اس کو سمجھایا تب اس کی سمجھ میں بات آئی جب بچہ پیدا ہوگا وہ

ہمارے نام سے موسوم ہوگا ہمارا نام لیوا ہوگا کسی کو شبہ تک نہ ہوگا کہ میرا آدمی نامرد ہے ہمارے خاندان پر کوئی دھبہ نہ آئے گا بچہ ہمارے خاندان کا وارث ہوگا" "اگر وہ لڑکی ہوئی، تو کیا پھر سائنس کو اس سے ملنے دو گی" اس کے شوہر نے دریافت کیا ماں جی نے غور اپنے لڑکے کو دیکھکر کہا "نہیں وہ لڑکا ہی ہوگا کیونکہ ہمارے خاندان میں لڑکے ہی پیدا ہوتے ہیں..... ہمارا بہت بڑا مسئلہ حل ہوگیا اب سائنس تم کب یہ گھر چھوڑ رہے ہو.....؟"

وہ پھر رکی نہیں ماں جی کا جملہ پورا ہونے تک بھی نہیں وہ جلدی سے دروازہ کھول کر دریا کی سمت راستہ پر دوڑنے لگی اس کے دل و دماغ میں خوفناک خیالات آنے لگے ان لوگوں نے اسے استعمال کیا تھا اس کو ذریعہ بنایا تھا مقصد براری کا سائنس نے اس کے جسم پر اور اس کی روح پر قبضہ کرلیا تھا اور کہا تھا کہ وہ اس سے شادی کرے گا اور اس سے محبت کرے گا پھر شادمانی اور محبت کا دور دورہ ہوگا وہ اس کے شوہر کے نامرد ہونے پر ہنسا کرتا تھا لیکن حقیقت میں اس کو اس کی کوئی پرواہ نہیں تھی اصلیت یہ تھی کہ یہ صرف ایک کھیل تھا وقت گذاری کا ایک دلچسپ مشغلہ اس کے علاوہ کچھ بھی نہیں اس کی ساس اور اس کے شوہر نے یہ جال بچھایا تھا اور یہ ڈرامہ کھیلا تھا سائنس اور وہ اس ڈرامہ کے کردار تھے جاندار کردار آنسو اس کے گالوں پر بہنے لگے جس میں بارش کا پانی بھی شریک ہوگیا تھا۔ یہ سوچ سوچ کر وہ

بھاگتی رہی یہاںتک کہ وہ دریا کے کنارے پہونچ گئی طوفانی ہواؤں نے اور بارش کے تیز تھپیڑوں نے اس کی ساڑی کو جگہ جگہ سے پھاڑ دیا تھا اور اس کے بال اڑ رہے تھے اور دوش پر لہرا رہے تھے لیکن وہ بھاگ رہی تھی یہ سوچتے ہوئے کہ ان تینوں نے مل کر یہ ڈرامہ کھیلا تھا آخر وہ دریا کے کنارے پہنچ گئی اس جگہ جہاں وہ اور ساتیش ملا کرتے تھے ایک بے نام سی ہنسی اس کے لبوں پر کھیلنے لگی یہ سب کھیل تھا ایک مشغلہ ایک ڈرامہ اور وہ اس ڈرامہ کی ایک کردار تھی صرف کردار۔

اور آج دریا ست رفتار نہ تھا بلکہ اس کی موجیں بہت اونچی اٹھ رہی تھیں طوفانی خطرناک لہریں وہ ایک لمحہ تک رکی پھر اس نے پیٹ پر ہاتھ رکھا اور پیچھے پلٹ کر دیکھا حال مستقبل اور ماضی سب اس کی نظروں میں سمٹ آئے تھے جبکہ اس کے جسم نے پانی کے بہاؤ کو محسوس کیا اور وہ آہستہ آہستہ پانی میں اترتی چلی گئی یہاںتک کہ دریا کی طوفانی لہروں نے اس کو اپنی آغوش میں سمیٹ لیا۔

از

نرملا پرم پائی

بدلے تیور

ایک عورت کس طرح اپنے تیور بدل سکتی ہے مجھے رشمی سے یہ توقع ہرگز نہ تھی میں سمجھتا تھا کہ وہ سچے دل سے میری محبت کا دم بھرتی ہے میں اس کے جال میں پھنس گیا تھا جو نہایت فنکارانہ طور پر میرے گرد لگایا گیا تھا وہ میرے ساتھ ایک مخلصانہ اور شریفانہ زندگی گذارنے کے بجائے مشکوک زندگی گذارنا چاہتی تھی۔ کیونکہ میں نے اُس کو دیا بھی تو کیا دیا تھا ایک حیوانی جنونی محبت جس نے اس کی خاموش بے جان زندگی میں جوش جوانی کی والہانہ دور ولولہ انگیز حرارت اور طوفانی جذبات سے سرشار چنگاریاں بھروی تھیں "واقعی تم ایک طاقتور مرد ہو" جذبات سے سرشار ہو کر وہ ایک دن مجھ سے کہنے لگی جبکہ میں آئینہ کے سامنے کھڑا ہو کر اپنے بال درست کر رہا تھا۔ تنے

اس کا صدمہ ہے کہ ابتک میں تم سے دور کیوں رہی" "اس لئے کہ ابھی کل تک لبستہ بغل میں دبائے اسکول جانے والے کا نوٹ کون لیتا ہے میں بھی تو چند سال پہلے کتابوں کا بستہ لئے اسکول جایا کرتا تھا" میں نے ہنستے ہوئے جواب دیا "تمہیں مری زیادہ عمر کی جانب توجہ دلانے کی ضرورت نہیں ہے" وہ منہ پھلا کر بولی میں بے ساختہ ہنس پڑا میں اس سے بہت بے تکلف ہوگیا تھا کہ بلا کسی جھجھک کے جو میرے منہ میں آتا میں اس سے کہہ دیا کرتا تھا "اچھا اب کس دن میرے ساتھ فرار ہونے کا پروگرام بنا رہی ہو" میں نے اس سے دریافت کیا "بے وقوفی کی باتیں مت کرو" اُس نے کہا "میرا یہ مطلب ہے" میں نے وضاحت کی "اگرچہ میں ایک غریب جدوجہد کرنے والا ڈاکٹر ہوں جس نے حال ہی میں طب کی ڈگری لی ہے اس کے باوجود میں تمہارے قدموں پر اپنی ساری زندگی نثار کرنے کو تیار ہوں" "شاید تم بھول رہے ہو" وہ بڑے تیکھے انداز میں بولی "ایک دنیا ایک عرصہ سے مرے قدموں پر جھکی ہوئی ہے" وہ اسی انداز سے بولتی رہی "لیکن پھر بھی مری دنیا بے جان تھی نامکمل تھی اس کو رنگین بنانے کے لئے مجکو تمہاری ضرورت تھی" "ریشمی" میں نے جھک کر اس کے کان میں کہا "کیا تم محبت پر یقین رکھتی ہو" "یقیناً میں محبت پر یقین رکھتی ہوں اس کے ساتھ میں اپنی حفاظت پر بھی ایقان رکھتی ہوں لیکن ان دونوں کو میں علحدہ علحدہ خانوں میں رکھتی

ہوں......"ہماری ملاقات کیسے ہوئی" میں نے پچھلی باتیں اُسے یاد دلاتے ہوئے کہا "ایسا معلوم ہوتا تھا کہ اس کا سارا پروگرام پہلے ہی سے بنا لیا تھا" "ہاں ہر بات ترتیب دار ہوئی" وہ کہنے لگی "میرا حادثہ سے دوچار ہونا اور حادثہ کے مقام پر تمہارا مل جانا" وہ دو ماہ پہلے کے واقعات کا ذکر کر رہی تھی جبکہ پہلی دفعہ ہم ایک دوسرے سے متعارف ہوئے تھے اُس کی کار ایک حادثہ سے دوچار ہوئی تھی اور وہ وہیل پر سر رکھے بیہوش ہو گئی تھی یہ بیہوشی زخمی ہونے کی وجہ سے نہیں تھی بلکہ شاک لگنے کی وجہ سے تھی میرا دواخانہ مقام حادثہ سے قریب ہی تھا اور وہ تنہا ہی موٹر چلا رہی تھی کہ کار بے قابو ہو گئی اور بجلی کے لوہے کے پول سے ٹکرا گئی اور وہ بے ہوش ہو گئی اس لئے اس کو ایک راہرو میرے دواخانہ لے لایا تھا کچھ دیر بعد اس نے میرے صاف ستھرے دواخانہ میں آنکھیں کھولی اور مجھکو گھور کر دیکھا اس وقت میرے دواخانہ میں کوئی دوسرا مریض نہ تھا میں نے حال ہی میں دواخانہ کھولا تھا۔ لیکن افسوس کے ساتھ اس بات کا انکشاف کر رہا ہوں کہ میرا دواخانہ کامیابی کے ساتھ نہیں چل رہا تھا۔ (۲۰) دن کے عرصہ میں یہ تیسرا مریض تھا اس کی وجہ شاید یہ ہو کہ میرے دواخانہ کے اطراف کی آب و ہوا نہایت صحت بخش ہوگی یا پھر مریض مرے دواخانہ مریض ہی نہ آتے ہوں گے" کیا واقعہ ہوا میں یہاں کیسے آئی" وہ مجھ سے پوچھنے لگی "آپ کی کار بجلی کے کھمبے سے

ٹکرا گئی تھی" میں نے جواب دیا "اب تو آپ بالکل ٹھیک ہیں نا" "اب میں بہتر ہوں" اُسنے کہا "لیکن آپ کی کار شاید ٹھیک نہیں ہے" میں بول اٹھا۔ "آہ میرے ہمدم میں بیحد شکر گزار ہوں" وہ ہنس کر بولی "براہِ کرم میرے لئے ایک ٹیکسی کا انتظام کر دیجئے میں اب گھبر جاؤنگی" میں نے اُسے تنہا گھر جانے نہیں دیا جب ٹیکسی ایک عالی شان بنگلہ میں داخل ہوکر پورٹیکو میں آکر ٹہری تو کئی ملازم دوڑتے ہوئے آئے اور ایک نے بڑھکر موٹر کا دروازہ کھولا اسنے تیزی سے ملازموں کو حکم دیا کہ دیکھو مری موٹر کا کیا حشر ہوا اور تب مری طرف مسکرا کر دیکھا اور کہا "چائے تو پیتے جائیے" "شکریہ" میں نے کہا "میں آپ کو زحمت دینا نہیں چاہتا اب آپ کو آرام کرنا چاہئے" "یہ کوئی زحمت کی بات نہیں ہے" وہ بولی "جہاں تک آرام کا تعلق ہے میں اس بڑے گھر میں ۲۴ گھنٹے صرف آرام ہی کرتی رہتی ہوں سوائے اس کے مجھے اور کوئی کام نہیں ہے" ہم ایک بڑے خوبصورت آراستہ ہال میں داخل ہوئے جہاں اُسنے چائے لانے کا حکم دیا اور اصرار کرکے مجھے مٹھائی بھی کھلائی اس طرح ہماری دوستی کا آغاز ہوا دوسری مرتبہ اسنے مجھے تلاش کیا پاؤں میں درد کی شکایت کرتے ہوئے جو زخم اس کو حادثے میں لگے تھے مجھے حیرت تھی کہ وہ بجائے اپنے فیملی ڈاکٹر کے میرے پاس کیوں رجوع ہوئی جس کا مجھے جلد جواب مل گیا رشمی مجھے چاہنے لگی تھی اور زیادہ سے زیادہ وقت میرے

ساتھ گذارنا چاہتی تھی اس کے بعد جلد ہی ہم میں عجیب و غریب نوعیت کے تعلقات قائم ہو گئے اس کے ساتھ میں یہ بھی جانتا تھا کہ جو کچھ میں کر رہا ہوں اس کو ایک اڈونیچر نہیں کہا جا سکتا ریشمی سے میرے تعلقات ایک خصوصی دوستانہ فضا میں قائم ہوئے تھے جس کو میں نہایت خفیہ رکھنے پر مجبور تھا میری مثال اس لاپروا لڑکے کی طرح نہیں تھی جو نمائش کے لئے اہم باتوں کا چرچا کرتے پھرتے ہیں میں ایک گھریلو ٹائپ کا آدمی ہوں جس نے خود کو اس عورت کے سپرد کر دیا تھا جس کو اُن سے نہایت خلوص و محبت سے چاہا تھا دوستی ایک خاص منزل پر پہنچ گئی تھی تب بھی میں سمجھ نہ سکا کہ میں کیا کر رہا ہوں اور ہماری دوستی کا انجام کیا ہوگا مجھے اور اس کو ہمیشہ ایک خوف سا لگا رہتا کہ کسی دن اچانک اس کا شوہر آ نہ جائے اور ہم کو پکڑ لے مگر وہ ہمیشہ مجھ کو بہلایا کرتی تھی کہ وہ شہر میں نہیں ہے بلکہ لیسے دورے پر ہے جو کئی کئی ہفتہ کا ہوتا ہے میں نے خود اُسے کبھی نہیں دیکھا لیکن میرے تصور نے اُسے ایک جنگلی خونخوار بڑی بڑی موچھوں والے سُرخ آنکھوں والے کی تصویر مرے سامنے کھینچ دی تھی جس نے ریشمی کو سیدھے راستے سے ہٹا کر میری آغوش میں پناہ لینے پر مجبور کر دیا تھا میں اُسے صحیح الدماغ کے بجائے بے رحم طبیعت اور بیمار ذہنیت کا فرد تصور کرتا تھا جو ایک ولین کی صورت میں میری نظروں میں سمایا ہوا تھا ریشمی نے متعدد بار اس کی خوفناک تصویر بے

سامنے پیش کی تھی اسی لئے ہم دونوں بہت محتاط تھے جب کبھی میں اس کے گھر جاتا تو وہ اس بات کا خاص خیال رکھتی تھی کہ اس کے نوکروں کو اس کی مطلق خبر نہ ہو اور جب کبھی وہ مجھ سے ملنے ہوٹل کے کمرے میں آتی تو وہ بالکل پوشیدہ طور پر آتی تھی عام طور پر بس میں یا ٹیکسی پر یہ ایک نشاط انگیز پیکننگ تھی جو بہت طویل نہ تھی اور جب وہ ختم کے قریب آئی تو بتدریج نہیں آتی بلکہ دفعتاً آئی اور ایسی رحمی کے ساتھ جیسے کہ کسی کا عضو یکایک کاٹ دیا جائے...... وہ ایک سنگدل فاحشہ ثابت ہوئی ایک رات ہم حیران رہ گئے کمرے کے باہر قدموں کی آواز سنکر پریشان ہو گئے ہم دونوں سونے کے کمرے میں تھے اس وقت میں بالکل گھبرا گیا جب اُسنے مجھے بستر پر سے ڈھکیل دیا اور اپنے کپڑے پھاڑ ڈالے اور بلند آواز میں چیخنے لگی اور بھاگ کر اپنے پھٹے ہوئے کپڑے سمیٹ دروازے پر گئی دروازہ مسلسل کھٹکھٹایا جارہا تھا اُس نے جلد ہی سے دروازہ کھول دیا ایک آدمی جس کو میں نے کبھی نہ دیکھا تھا کمرے میں داخل ہوا اور اس نے بجلی کا بٹن دبا کر کمرہ روشن کر دیا میں نے دیکھا وہ ایک چھوٹے قد کا آدمی نہایت دبلا اور کمزور دکھائی دیتا تھا مگر اس کی آنکھوں سے شرافت ٹپک رہی تھی "مجھ سے زنا بالجبر کیا گیا" رشیمی ہو کر کہنے لگی اور چلانے لگی میں یہ سُنکر سناٹے میں آ گیا اور اُسے حیرت اور غصے سے دیکھنے لگا "آہ نندا" وہ مرد کے سینے سے لپٹ کر روتی ہوئی کہنے لگی اور

پھر مرد سے لپٹ کر ہچکیاں لینے لگی اور میں بے وقوف بنا کھڑا رہا" زنا بالجبر" یہ سُنکر میں سناٹے میں آگیا اگر یہ اس کا شوہر ہے تو میرے تخیل میں بچے ہوئے مرد سے بالکل جدا ہے کیونکہ ریشمی نے بالکل برعکس مرد کی تصویر میرے سامنے پیش کی تھی" یہ کمرے میں آخر داخل کیسے ہوا" اسنے ریشمی سے پوچھا" کھڑکی میں سے یا شاید ہاتھ ادم میں سے غلطی سے جو کھلا رہ گیا تھا میں گہری نیند میں تھی جب مجھے ہوش آیا تو یہ شخص مجکو پکڑ کر اچھال رہا تھا...... آہ مجھے خوشی ہے کہ تم ٹھیک وقت پر آگئے تمہارے دورے کا کیا ہوا" وہ بولا" دورہ ملتوی ہو گیا طغیانی کی وجہ سے ریلیں بند ہوگئیں" اس کے بعد مجھے معلوم بھی نہ ہوا کہ میں نے کس طرح یہ عمل کیا میں نے بڑھ کر ریشمی کی گردن پکڑ کر اس کو اپنے سامنے کر لیا پھر میں اُس کو مارنے لگا طمانچے گھونسے اور تھپڑ کبھی اس طرف کبھی اُس جانب بے رحمی سے میں اس کو مارنے لگا اسنے چلا کر اور چیخ کر مجھے باز رکھنے کی کوشش کی مگر میں رکا نہیں اگر مجھ پر زنا بالجبر کا الزام لگایا جاتا ہے تو ٹھیک اس کو مکمل طور پر اس کا خمیازہ بھگتنا ضروری ہے میں نہایت بے رحمی سے اس کو مارتا رہا یہانتک کہ وہ درد سے بلبلا اٹھی اور ہچکیاں لے لے کر رونے لگی تب اُس کو میں نے چھوڑ دیا۔ تب اس کے شوہر نے میرے کندھے پر ہاتھ رکھکر کہا" ٹھہر جاؤ وہ کافی سزا پا چکی ہے"۔ میں اس کی طرف مڑا اس کی آنکھوں میں آنسو تیر رہے تھے یہ آنسو کس کے لئے تھے اس کے لئے

یا خود اس کے اپنے لئے مجھے اس کا اندازہ نہ ہو سکا گر آپ فنوشاید اس کے اپنے لئے تھے اس کی بے چارگی کے لئے مجبوریوں کے لئے "آج کی مہذب دنیا میں اور ترقی یافتہ سوسائٹی میں اس بات کی اجازت نہیں ہے کہ آدمی اس طرح اپنے جذبات کا برملا اظہار کرے" وہ کہنے لگا "اب اپنے کپڑے سمیٹو اور یہاں سے چلے جاؤ" "میرا نام اور میرا پیشہ ....." میں نے وضاحت کرنا چاہتی "میں تمہارا نام اور پیشہ جاننا نہیں چاہتا" وہ بولا "تم یہاں سے چلے جاؤ بس میں یہی چاہتا ہوں" اور جب میں کپڑے پہنکر جانے کے لئے تیار ہوا تو اُس نے میرے ہاتھ میں کوئی چیز تھما دی میں نے دیکھا یہ (۱۰۰) روپیہ کا ایک نوٹ تھا میں نے پوچھا "یہ کس لئے" "خاموشی کی قیمت" اُس نے جواب دیا میں نے نوٹ فرش پر پھینک دیا "میں اتنا گرا ہوا نہیں ہوں" میں نے کہا زنا یا الجبر کی تشہیر نہ کرنا اس کا مقصد تھا تاکہ یہ بدترین قصہ اس شاندار مکان کے اندر ہی فراموش کر دیا جائے۔ اور میں گہرے زخم دل پر لئے یہاں سے چلا جاؤں وہ مجھے رخصت کرنے دروازے تک آیا ریشمی کے رونے کی آواز اب بھی سنائی دے رہی تھی "مجھے راستہ بتانے کی ضرورت نہیں مجھے باہر نکلنے کا راستہ معلوم ہے" میں نے کہا "مجھے معلوم ہے" وہ بولا اور میں جانتا ہوں کہ تم دونوں ایک عرصے سے ایک دوسرے سے مل رہے تھے اور اس عورت نے تم کو بہانا تھا" میں یہ سُنکر حیران رہ گیا اتنی دولت اور پوزیشن رکھتے ہوئے

یہی وہ اپنی بیوی کو کنٹرول نہیں کر سکا" یہ سوچ کر میں کانپ گیا۔"میں بیوقوف نہیں" وہ کہنے لگا" اگرچہ لوگ مجھکو بے وقوف کہتے ہیں" خداحافظ" میں نے رعلیز سے گذرتے ہوئے کہا "خداحافظ" اُسنے کمزور آواز میں جواب دیا "میری خواہش ہے کہ تم جیسے اور بھی لوگ دنیا میں ہوں" میں اس کا مطلب نہیں سمجھا لیکن اس وقت وہ میرا بازو پکڑ کر بولا "تم پہلے آدمی ہو جس نے میرے سامنے اس کو مارا اور اس کو پیٹا..... اور اس کے علاوہ تم پہلے آدمی ہو جس نے روپیہ لینے سے انکار کیا" اس کا بعد میں وہاں رکا نہیں اس کی ناکام زندگی کی داستان سُننے کے لئے بلکہ میں اپنا بازو اس سے چھڑا کر جلدی سے گھر سے باہر نکل آیا آزاد اور عزت کی فضا میں سانس لینے کیلیے..."

پرلی نالی

مسرت آمیز حسد

براہ کرم اس واقعہ کو مبالغہ آمیز طویل بکواس تصور نہ کرے اور نہ یہ ایک غیر تسلسل اور بے ربط داستان ہے بلکہ میرے لئے موت اور زندگی کا سوال ہے ممکن ہے کہ میری طرح اور بھی بیویاں ایسے حالات سے دوچار ہوں جنسے میں آج کل گذر رہی ہوں محبت اور حسد کے جذبات میں ڈوبی ہوئی جوشادمانی اور غم سے معمور ہے ان تمام باتوں کی مرکزی شخصیت صرف ایک واحد شخص ہے۔ اور وہ ہے میرا محبوب شوہر کوئی دوسری عورت درمیان میں نہیں ہے یقین کرے کہ وہ مجھ سے محبت کرتا ہے اور میں اُسے دل و جان سے چاہتی ہوں پھر پریشانی کی کیا بات ہے مجھے شروع سے بیان کرنے دیجیئے:

یہ واقعہ پہلی نظر میں محبت کا ہے یہ تقریباً ۳۰ سال کا واقعہ ہے جس کو یاد کرکے اب بھی میرا شوہر ہنسا کرتا ہے اس وقت وہ ۲۲ سال کا تھا اور

میں صرف (۶) سال کی تھی، وہ لوکل اسکول کا ٹیچر تھا انگلش پڑھایا کرتا تھا وہ مکان کے ایسے حصہ میں رہتا تھا جس کے بازو ہم لوگ بھی رہتے تھے اس وقت میں ایک شریر مگر جاذب نظر لڑکی تھی اور ایسے شخص کو پسند کرتی تھی جو میرے بچپن کی لایعنی گفتگو سنے اور اُسے پسند کرے وہ بڑی دلچسپی سے میری باتیں سنتا اور اسی لئے میں اس کی آمد کی منتظر رہا کرتی تھی وہ جب گھر آتا میں بھاگتی ہوئی اس کے پاس آجاتی اور وہ مجھے گود میں لیکر اچھالتا اور جب میں زمین چھونے کے قریب ہوتی مجکو پکڑ لیتا میں اس چھیڑ چھاڑ کو پسند کرتی تھی جو پرجوش اور ولولہ انگریز تھی،

اس کا رنگ صاف کھلا ہوا تھا قد لانبا اور چہرہ خوبصورت اور اس کی عام شہرت یہ تھی کہ وہ عورتوں میں بہت ہر دلعزیز ہے عورتوں کا ردمیوہے اور یہ میرے لئے ایک چیلنج تھا "جو لڑکی اس کو حاصل کرے گی وہ بہت خوش نصیب ہوگی" ایک دن میری والدہ نے اس کے متعلق یہ ریمارک کیا حالانکہ اس وقت میں ایک معصوم لڑکی تھی ناسمجھ چھوکری اس کے باوجود میں نے اپنے دل میں یہ معصوم خواہش ضرور پیدا کرلی تھی کہ میں اس کو ایک دن ضرور حاصل کروں گی اس کے بعد وہ معصوم انجان محبت خواب و خیال ہوگئی میرے والد کا اس جگہ سے تبادلہ ہوگیا اور ایک عرصہ تک یہ معلوم نہ ہوسکا کہ اس حوصلہ مند ٹیچر کا کیا ہوا اس واقعہ کے ۱۲ سال بعد میں نے یونیورسٹی

میں ام۔ اے انگلش میں کرنے کے لئے داخلہ لیا تو معلوم ہوا کہ وہ یہاں انگلش کا لکچرار ہے پہلے ہی دن ہم نے ایک دوسرے کو پہچان لیا کچھ دیر ہم ایک دوسرے کو گھورتے رہے تب میں نے شرما کر اپنا سر نیچے کر لیا لکچر ختم ہونے کے بعد اُس نے مجھے بلا کر کہا "گھر جانے سے پہلے مجھ سے مل کر جانا۔"

ہم نے ایک دوسرے سے متعلق ساری تفصیلی معلومات حاصل کیں گویا ہم گہرے دوست تھے۔ جو ایک طویل جدائی کے بعد مل رہے تھے...... واقعی یہ ایک خاص بات تھی۔

مجھے ایک طرح کا اطمینان ہو گیا میں دیوانگی کی حد تک خوش تھی چند ملاقاتوں کے بعد ہم دونوں کے دل میں ایک ساتھ یہ خیال پیدا ہوا کہ ہم ایک دوسرے سے شادی کرنے کے لئے ہی پیدا ہوئے ہیں نہ تو کورٹ شپ کی نوبت آئی اور نہ خفیہ ملاقاتیں ہوئیں بلکہ مجھ سے پوچھے بغیر وہ ایک دن سیدھے میرے والد کے پاس گیا اور مجھ سے شادی کی درخواست کی میرے والد میرے مستقبل کے لئے اپنے خیالوں میں گم تھے وہ مجھے آئی۔ اے۔ ایس کرانا چاہتے تھے۔ علاوہ اس کے ہم میں عمر کا فرق بھی زیادہ تھا۔ "کیا تم نے اس کی بھی مرضی دریافت کر لی ہے" میرے والد نے سوال کیا "جی نہیں میں نے اس سے اجازت نہیں لی۔" اسنے جواب دیا "مگر مجھے اس بات کا یقین ہے کہ وہ انکار نہ کریگی" اس کے بعد میری والدہ کو اس پر کیا اعتراض ہو سکتا تھا اس کے ام۔ اے کے امتحان کے بعد

ہماری شادی ہو گئی ہم نے ایک مختصر اور زندگی سے بھرپور ہنی مون منایا
وہ دبلا تھا مگر کمزور نہیں تھا اس کے برعکس وہ طاقتور اور مضبوط تھا زور
آور بھی رہتا کہ جنگلی کی تعریف اس پر صادق آتی تھی اس سے یہ بھی ثابت
ہوا کہ جنسیات سے متعلق جتنی باتیں کتابوں میں لکھی گئی تھی ہیں وہ سرتاپا غلط ہیں
اس کے بعد ہم نے بڑی پر مسرت زندگی گذاری لیکن انسانی خصلت کی
کمزوری نے پر مسرت لمحوں کے سرور سے زیادہ دنوں تک مجھکو محظوظ نہ ہونے دیا
جو قدرت کی طرف سے مجھکو سرفراز کیے گئے تھے عمر کا تفاوت اس کا سبب ہر گز نہ
تھا اس عرصہ میں ہم کو تین بچے ہوئے تینوں صحت مند تندرست اور خوبصورت
میرا شوہر نہ صرف ملک میں بلکہ ملک کے باہر بھی ایک ماہر اسکالر کی حیثیت سے
مانا جاتا ہے جو متعدد کتابوں کا مصنف ہے یونیورسٹی میں اس کی ہر دلعزیزی
کا ہر لب پر تذکرہ رہتا ہے اس کی کتابیں ادبی حلقوں میں بڑی مقبول ہیں
اور کثرت سے پڑھی جاتی ہیں اس کے علاوہ اللہ کا شکر ہے کہ ہماری آمدنی
بھی معقول ہے جس کی وجہ سے بڑے مزے میں گذر بسر ہو رہی ہے اس
کی وجہ یہ بھی ہے کہ ہم دونوں میاں بیوی کے علاوہ ایک دوسرے کے سچے
رفیق و دوست کی حیثیت سے زندگی کے ہر موڑ پر ایک دوسرے کے ساتھی
ہیں یہی تو ایک عورت کی کائنات ہے جس کو جنت کہا جا سکتا ہے اس کے
علاوہ ایک عورت کو دور جائیے بھی کیا' اس کے بعد ہی رنگ میں بھنگ پڑا

پھولوں کے پاس خار بھی نظر آنے لگے ایک نہیں کئی خار اس کے جاننے والوں میں نوجوان لڑکیاں اور جوان عورتیں زیادہ ہیں جن کی تعداد کافی ہے جو نہ صرف اس کو چاہتی ہیں بلکہ اس کو پوجتی ہیں کیونکہ وہ ہے بھی پوجے جانے کے قابل یہ سب مرے لئے مسرت اور شادمانی کا باعث ہے کیونکہ کیونکہ میرا شوہر جس کو لاتعداد نوجوان لڑکیاں اور جوان عورتیں چاہتی ہیں میرا ہے بلا شرکت غیر مکمل میرا، لیکن کیا میں یہ جان کر بھی مسرت اور شادمانی محسوس کر سکتی ہوں کہ میرا شوہر جو زیادہ عمر کا نظر آتا ہے اس کو نوجوان لڑکیاں اور جوان عورتوں کی قربت ہی سے ہی جوش ولولہ اور نوجوانی کی تحریص ملتی ہے جس کا مرکز میں ہوں مگر حقیقت اس کے برعکس ہے میرے شوہر کی اسدرجہ دارفتگی اور مجھ پر اسقدر فریفتگی پر یہ لڑکیاں اور عورتیں مجھ سے حسد کرتی ہیں پہلی خلش جو میرے دل میں پیدا ہوئی وہ یہ تھی کہ جب ایک دن کالج سے واپسی پر میرا شوہر جب اپنا کوٹ اُتار رہا تھا اور میں اس کے بوٹ کی ڈوری کھول رہی تھی تو اس نے کہا آج وائس چانسلر کے اجلاس پر ایک خفیہ میٹنگ ہوئی جس میں ایک حیرت انگیز واقعہ پر ہم نے بحث کی" "کونسا واقعہ" میں نے حیران ہو کر دریافت کیا کیونکہ ہم شکسپیر سے لے کر جنسیات تک کے ہر موضوع پر بلا تکلف بات کرتے تھے کبھی ایک دوسرے سے ہم نے کوئی بات نہیں چھپائی" "وہ تلنگانے کا لڑکا جو پرسوں

ہمارے یہاں آیا تھا اور جس نے ہمارے ساتھ چائے پی تھی" میرے شوہر کہنے لگے" اس لڑکے نے وائس چانسلر سے شکایت کی کہ ریسرچ کا ئڈس میرا در یسو نے اس کو ورغلایا اور بہکایا" "کیا بات سچ ہوسکتی ہے" میں اپنی ہنسی ضبط کرتے ہوئے بولی "کہ گائیڈ اور پروفیسر اپنے شاگردوں کو آوارگی کی ترغیب دیتے ہیں" اسنے جواب دیا "سچ ہی نہیں یہ ایک حقیقت ہے کہ جس طرح مرد پروفیسر اور گائڈ کو لڑکیاں پھانستی ہیں اسی طرح لیڈی پروفیسر اور گائڈ کو ہی لڑکوں کی لوٹ سے ترغیب ہوتی ہے اور یہ لڑکے ان کے پھانستے ہیں اس نے بڑی بظاہر بڑی لاپرواہی سے یہ بات کہی مگر اس رات میں اچھی طرح سونہ سکی سیاہ بادل میرے اطراف چھائے رہے جو میرا امن اور سکون برہم کرتے رہے ...... میں نے ایک رات اُس سے پوچھا لڑکیاں پروفیسروں کو کیوں پھانسی ہیں" فرسٹ کلاس پاس ہونے کے لئے آج کل فرسٹ کلاس پاس ہونا بڑی بات ہے عمدہ ملازمت حاصل کرنے کے لئے اور اچھی جگہ شادی کرنے کے لئے ..... اسی لئے تو بے شمار لڑکیاں یہی کوشش کرتی ہیں" مگر میں نے کبھی ایسا نہیں کیا حالانکہ میں ہمیشہ فرسٹ کلاس پاس ہوتی رہی" میں نے لڑکیوں کی مدافعت کرتے ہوئے بولی" ہر لڑکی ایسا نہیں کرتی ہر لڑکی پر یہ الزام نہیں لگایا جاسکتا" "لیکن یہ غلط ہے" وہ مسکراکر بولا" تم نے بہت ہی پہلے ہی مجکو پھانس لیا تھا حالانکہ

یہ ایک مزاق کا پہلو تھا جس کا ذکر کبھی کبھی وہ مجھ کو ستانے کے لئے کیا کرتا تھا یہ کہہ کر جب میں ایک بچی تھی اسی وقت میں نے اُسے پھانس لیا تھا دوسری دفعہ تاریکی کے بادل اس وقت مجھ پر چھا گئے جبکہ ایک دن میں دی. سی کی بیوی سے ملنے گئی جو یونیورسٹی کی خاتون اول کہلاتی تھیں انھوں نے کمرے کے ایک کونے کی طرف مجکو لیجاتے ہوئے کہا "میں یہ دیکھ کر پریشان ہوجاتی ہوں کہ آپ رات دن نوجوان لڑکیوں اور جوان عورتوں میں گھرے رہتے ہیں" یہ سنکر مجکو شاک ہوا "کیا آپ نے کچھ سُنا ہے اس کے متعلق" میں نے دریافت کیا غصہ سے میرا بُرا حال ہوگیا تھا "نہیں" انھوں نے کہا "کوئی قطعی بات نہیں کہی جاسکتی ابھی کل ہی پی سی ہیں کہہ رہے تھے کہ ایسی انواہ گرم ہے اسی لئے میں تم کو نصیحت کرنا چاہتی ہوں" اب مجھے غصہ چڑھ آیا تھا اسی لئے میں بولی "یہ سب فضول باتیں ہیں میں خود دی سی سے ملکر اس بات کی تحقیق کرونگی۔ آخر یہ بات اُڑی کیسے" وہ جلدی سے بولی "اس وقت دی سی راز کے کاموں میں مصروف ہیں اب وہ کسی سے بھی نہ مل سکیں گے" "آپ اسکی فکر نہ کریے" میں اُسی لہجہ میں غصہ سے بولی یہ ایک معمر آدمی کو بدنام کرنے کی ناکام کوشش ہے اور کچھ نہیں" بعد کو میں نے غور کیا تو مجھے یقین ہوگیا کہ یہ خیال خود فریبی پر مبنی ہے میں جانتی ہوں کہ میرے شوہر ۲ سال بعد ۶۰ برس کے ہو جائیں گے پھر

پھر بھی ڈی. سی کو اس بات کا تذکرہ کرنے کی کیا ضرورت تھی جس بات میں کوئی وزن ہی نہ تھا.

رات کو جب سب بچے سو گئے میں نے اپنے شوہر سے پوچھا "کیا آپ ان افواہوں سے واقف ہیں کہ نوجوان طالبات اور جوان استانیاں آپ کو پھانسنے کے لئے ہر وقت گھیرے رہتی ہیں" حیران ہو کر اس نے کہا "تم سے یہ کس نے کہہ دیا ہے؟" "ڈی. سی کی بیوی نے سنا ڈی. سی نے خود اس کا ذکر ان سے کیا تھا" میں نے جواب دیا "وہ بدگو عورت بکواس کرتی ہے" وہ بگڑ کر بولا "اپنی بے رنگ زندگی کی تاریکی کا پردہ دوسروں پر ڈالنا چاہتی ہے، پرسوں آپ قسم کا مذاق اور نیا افسانہ گھڑ کر مسٹر رامن سے متعلق اور اس میں خوب نمک مرچ لگا کر مسز رامن کو سنا رہی تھی" میں خود ڈی. سی سے ملکر اس بات کی تصدیق کرنا چاہتی تھی" میں نے کہا "لیکن اس نے کہا وہ بے حد مصروف ہیں کسی سے نہیں مل سکتے" "اگر تم کو معلوم ہے کہ وہ خود اس کو دھر لیگا اس کو یہی خوف تھا، اصل بات یہ ہے کہ وہ خوبصورت عورتوں سے جلتی ہے اور ان کو باور کراتی ہے کہ ان کے شوہر آوارگی کرتے ہیں تاکہ وہ اپنے شوہروں سے بدگمان ہو جائیں" "لیکن میں تو خوبصورت نہیں ہوں" میں نے شرمیلی ادا سے کہا "تم کیا ہو میں جانتا ہوں" اس نے کہا "اگر کسی مقابلہ حسن میں تم بھی شریک ہو تو یقین ہے کہ

تم بھی ادل آ ؤ گی جس کسی اور طرف دیکھنا پسند ہی نہ کریں گے" یہ کہہ کر اُس نے میرے ہونٹ چوم لئے اس میں وہی گرمی تھی وہی حرارت اور والہانہ سرمستی تھی جس کا آج سے ۱۲ سال قبل اظہار ہوتا تھا۔ وہ کہاں سے جوانی کا یہ جوش اور ولولہ حاصل کرتا ہے یہ سوچتے ہوئے میں سو گئی بعد ازاں میں یہ راز جان گئی جس وقت میں نے یہ قصہ پڑھا کہ کس طرح ایک شوہر اپنی بیوی میں بڑا تغیر محسوس کرتا تھا کیونکہ وہ ہمیشہ سرد رہتی تھی اور جذبات سے عاری لیکن جیسے ہی اس کا خوبصورت نوجوان بھانجہ ان کے گھر کچھ دن رہتا اس کی بیوی کے جذبات یکا یک بھڑک اٹھتے اور وہ بڑی دلکش رکاوٹ اور سپردگی کے انداز میں شب کو اپنے شوہر سے ملتی اس طرح میں نے سوچا اور محسوس کیا کہ میرا شوہر نوجوان طالبات اور جوان استادنیوں میں اس لئے گھرا رہتا ہے اور اُن کی قربت حاصل کرتا ہے تاکہ وہ جوانی کا نیا جوش اور نیا ولولہ اپنے اندر پیدا کرے جس کا اظہار وہ میرے ساتھ کرے یہ سوچ کر بھی میں ذہنی کوفت میں مبتلا ہو گئی کہ وہ مجھ کو صرف ردی کی ٹوکری سمجھتا ہے جس میں فضول اور بیکار چیزیں ڈالی جاتی ہیں یہ جان کر میں خود اپنی نظروں میں ذلیل ہو گئی اور خود کو شکست خوردہ محسوس کرنے لگی کیا میرے بچے ایسے جذبات کی پیداوار ہیں جن کے لئے جوش

جوانی کا ولولہ اور دلبستگی اور سپردگی وہ دوسری جگہ سے حاصل کرتا ہے میں یہ سوچ سوچ کر بیزار ہو گئی۔

اس کے علاوہ میں نے اس واقعہ کو ایک اور نقطۂ نظر سے بھی دیکھا کسی شخص سے گہری دوستی خواہ وہ کتنا ہی حسین کیوں نہ ہو ایک مدت گزرنے کے بعد اور یکسانیت کی وجہ سے اپنی پہلی دلکشی اور جاذبیت کھو دیتی ہے یہی قانون قدرت ہے اس کے برعکس نوجوان طالبات اور جوان استادنیوں کی قربت اور دوستی سے مرے شوہر میں نیا ولولہ نیا جوش اور نئی اُمنگ پیدا ہوتی ہے جس کی وجہ سے میرا شوہر میرے لئے سدا بہار نوجوان بنا ہوا ہے اس لئے تو مجھے ان لڑکیوں اور استادنیوں کا شکر گذار ہونا چاہیئے، اگر میرا شوہر جنسیات سے متعلق نئی نئی کتابیں پڑھتا ہے عریاں فوٹو دیکھتا ہے یا بلو فلم دیکھتا ہے جوش میں آنے کے لئے اور اپنے جذبات بھڑکانے کے لئے تو اس پر مجھکو کیوں اعتراض ہوتا ہے بعض وقت انسان کو ان چیزوں کی ضرورت ہوتی ہے مجھے یاد ہے کہ جب ایک مرتبہ ہم چند دن گذرنے ایک تفریحی مقام کنارا گئے تھے رات کو سوتے وقت ڈاک بنگلہ میں وہ بالکل بے قابو ہو گیا تھا رنگین ماحول اور دلکش نظاروں نے اس کے جذبات کو بھڑکا دیا تھا اور جب میں اس کے جذبات کی پذیرائی کی طرف مائل نہیں ہوئی تو جوش میں اس نے کہا تھا اگر تم راضی نہ ہو گی تو میں زبردستی کروں گا" ماحول

کی رنگینی اور مست ہواؤں کی دلکش تھپیڑوں نے خود میرے جذبات کو بھی مشتعل کر دئے تھے لیکن میں نے محض اس کو ستانے کے لئے انکار کیا تھا یہ کہتے ہوئے کہ میں اپنا پی ایچ ڈی کا مقالہ جنسیات پر لکھنا چاہتی ہوں جس میں خاص طور پر تمہارے نظریات جنسیات کے متعلق درج ہوں گے" اس نے جواب دیا "ضرور لکھو تم نے ہی مجھے وارفتہ اور دیوانہ بنایا ہے تم مرے لئے سراپا کشش ہو تمہارے حسن اور رعنائی کو میں معراج زندگی سمجھتا ہوں جس کو اتفاق سے بیوی کا نام دیا گیا ہے"۔

کیا وہ میرے روپ میں نوجوان طالبات اور جوان لیڈی ٹیچروں کو دیکھتا ہے جو اس کو ہر وقت گھیرے رہتی ہیں" اس کی محبت میں ایک لمحہ بھی ہمارا بے کیف اور بے رنگ نہیں گذرتا" ایک دن اس کی ساتھیوں میں سے ایک جوان بیوہ نے مجھ سے کہا " تم خوش نصیب ہو کہ ایسا باغ و بہار شوہر تم کو ملا ہے" اس واقعہ کے بعد سے میں مستقل طور پر الجھن اور پریشانی میں مبتلا رہی پھر ایک دن میں نے سوچا کہ اگر میرا شوہر گھر کے باہر کسی ذرائع سے جوش اُمنگ اور جوانی کا ولولہ حاصل کرتا ہے تو اس میں برائی بھی کیا ہے جبکہ وہ ۲۰ سال بعد ۶۰ سال کا ہو جائیگا یہ سوچ کر میں نے اپنے مضطرب دلکو تسلی دیدی)۔

پھر ایک دن وہ یادگار رات آئی جب ہم دونوں ایک ہی بستر

پر لیٹے ہوئے تھے اور میں نے اس کے سینے پر ہاتھ رکھکر کہا تھا "کیا زیادہ عمر والے مرد اپنی بیوی سے سرگرم اظہار محبت نہیں کر سکتے کیا اس عمر میں قدرتی طور پر جوش میں کمی ہو جاتی ہے یا عورتیں ہی اپنی دلکشی کھو دیتی ہیں" "تم آج کل ایسی باتوں میں بہت دلچسپی لے رہی ہو" وہ کروٹ ہو کر میری پیٹ پر ہاتھ پھیرنے لگا میں اس کی اس حرکت کو ہمیشہ پسند کرتی ہوں جس سے میرے جذبات بھڑک اٹھتے ہیں مگر میں نے اُسے ستانے کے لئے کہا کہ "میں اپنے مقالہ میں جنسیات کے ہر پہلو پر بحث کروں گی کیونکہ ......"

اس نے جواب میں مجھے اپنے سینے سے زور سے چمٹا کر کہا "تم نے میری بات کا جواب نہیں دیا" میں نے گھٹی ہوی آواز میں کہا "تم کو جلد ہی اس کا جواب ملجائے گا" واقعی میرے جذبات بھی مشتعل ہو گئے تھے اور ہم جلد ہی سرمستیوں کے طوفان میں بہ گئے اس رات مجھے ہنی مون کا زمانہ یاد آگیا اور وہ ڈاک بنگلہ کی رات یاد آگئی مجھے یقین ہو گیا کہ میرا شوہر ابھی سرد نہیں ہوا بلکہ اس میں جوانی کی پر جوش حرارت اب بھی باقی ہے وہ کمزور ہرگز نہیں ہے میں کس قدر غلطی پر تھی۔

لیکن دوسری صبح جب میں نے اپنے شوہر کی زندگی کے دوسرے رُخ پر نظر ڈالی تو معلوم ہوا کہ وہ نوجوان طالبات اور جوان استادنیوں میں ہمیشہ گھرا رہتا ہے صرف اپنے جذبات کو بھڑکانے کے لئے ہی نہیں بلکہ

شاید ان سے مستفید ہونے کی نیت سے بھی۔ کیا میں خوش ہوں یا رنجیدہ ہوں شاید میں دونوں کیفیتوں سے دوچار ہوں۔ اس بات کا تجزیہ میں نہیں کر سکتی کہ میں کیا چاہتی ہوں شاید میں مسّرت اور حسد کے جذبات سے دیوانی ہو جاؤں گی۔